AF399327

BARBARA BEE

SZIVÁRVÁNYVASÚTON

novum pro

© 2023 novum publishing

ISBN 978-3-99146-308-5
Lektor: Sósné Karácsonyi Mária
Borítókép:
Inara Prusakova | Dreamstime.com
Borító, tördelés & nyomda:
novum publishing

www.novumpublishing.hu

TARTALOM

BEVEZETŐ RÉSZ

A lakótelepen, ahol élünk, nagyon közel van hozzánk egy közepes méretű élelmiszerüzlet, ahová gyakran leszaladok pár apróságért. Itt dolgozik Barbi (engem is így hívnak), régről ismerjük egymást. Nem vagyunk elválaszthatatlan barátnők vagy ilyesmi, de mindig van egymáshoz pár jó szavunk, néha picit hosszabban is beszélgetünk a gyerekekről, munkáról, ilyesmiről. Barbi mellékállásban masszíroz, én pedig nagyon hátfájós vagyok – mondjuk, négy gyermek mellett nem is csoda. Már egy ideje eljárok hozzá, hogy enyhítse ezt a fájdalmam. Mindig csakis hátmasszázsra megyek, mert szörnyen szégyellném a testem megmutatni neki – vagy akárkinek is. Mikor teherbe estem az első gyermekemmel, még csak 46 kg voltam (igaz, mindössze 160 cm vagyok), feszes bőr mindenütt, kissé kockás has, szép kerek fenék, gyönyörű, telt és hetyke cickók. Ma már azt mondom, a tökéletesség határait súroltam, de mindig szégyenlős voltam. Nehezen tudtak a párjaim kicsomagolni, pedig nem kellett volna semmiért aggódni. Ma már, a negyvenes éveimet taposva, négy gyermek után, plusz 12 kg-mal, közel nyolc év szoptatás után, lógó és löttyedt cicikkel, megnagyobbodott (mondjuk csak ki: szétnyúzott) mellbimbókkal, kissé párnázott pocival, némi úszógumival, húsosabb combokkal, striákkal és császárhegekkel a testemen, így gondolom.

Szóval hátmasszázs. Két-három hetente, néha még gyakrabban is, adok magamnak 45 percet megpihenni nála. Mindig kimegy, amikor leveszem a ruháim, és miután felfekszem a padjára, csak azután jön be. Tökéletes! Kellemes kezei vannak, és mindig jót beszélgetünk közben, talán ezekkel a beszélgetésekkel közelebb is kerültünk egymáshoz: sok mindenben hasonlóan gondolkodunk. Az elmúlt két alkalommal azonban történt valami, ami nagyon zavart. Nem ment ki, amikor le szerettem volna vetkőzni, csak ott állt bent, és várta, hogy megtegyem. Én meg, mint aki megkukult, semmi nem jött ki a számon, pedig legszívesebben rászóltam volna ezért. Borzasztóan zavarba jöttem! Villámgyorsan lekaptam a pulcsim, az atlétám, a melltartóm, és ahogy felfeküdtem hasra a padra, kínosan éreztem magam. Nyilván megnézte a melleimet, amiket utálok már. Sokszor kesergek is rajta, hogy milyen jó lenne visszakapni a régi ciciket, milyen büszkén tudnám már most, így a negyvenes éveimben hordani őket, amiket kis tiniként még rejtegettem.

Ez van: nem gondolnám, hogy valaha is pénzt szánnék majd erre, a gyerekeim mindig fontosabbak lesznek, mint saját magam, de vagyunk ezzel még így páran. Szóval ez a meztelenkedés kissé felkorbácsolta a komfortzónámat, Barbi kezei viszont azonnal kárpótoltak a bosszúságomért. Mindig mondja nekem, hogy próbáljam ki nála a teljes testmasszázst is, de a fentebb leírt okok miatt nem visz rá a lélek. Most legutóbb, mikor nála jártam, nagyon bizarr élményben volt részem. Muszáj kiírnom magamból, mert máskülönben megkattanok, annyira nyomasztanak a gondolataim. Elmondani ezt soha senkinek nem fogom, még a legbizalmasabb barátnőimnek sem, annyira szégyellem. Már amikor a hátamat masszírozta, többször a melleimhez ért. Ez fura volt, mert korábban soha, még csak véletlenül sem jártak arra az ujjai, akkor meg többször is, de próbáltam elengedni ezt a dolgot, nem kerítettem belőle ügyet. Nagyon jólesett, amit a hátammal művelt, és valahogy sokkal érzékibbnek tűnt az egész, mint máskor, és mintha tovább is tartott volna. Mikor befejezi a masszírozást, mindig azt mondja: „Egészségedre!", azután kimegy, önt egy kis vizet vagy kínálgat valami szomjoltóval. De most nem mondta ezt, hanem végigsimogatta a gerincem, a nyakamhoz hajolt, és azt mondta: „Kérlek, fordulj meg!" A kezeivel rá is segített, hogy forduljak át a hasamról a hátamra. Fogalmam sincs miért „fogadtam szót", de megtettem. És ott feküdtem előtte félmeztelenül, lángoló arccal. Zavaromban a kezeimmel takartam el a cicimet.

– Ne rejtsd el őket! Gyönyörű vagy! – mosolygott rám sejtelmesen, aztán megfogta a kezeimet, és letette azokat a melleimről mellém. Kigombolta a nadrágomat, lehúzta a sliccem, és levette rólam a ruhadarabot.

– Most kapsz egy kis meglepetést. Már régi vendégem vagy, ez most az én ajándékom.

Ezután levette a zoknimat, ismét beolajozta a kezeit, és elkezdte masszírozni a talpaimat. Én pedig köpni-nyelni nem tudtam, teljesen ledermedtem, egyszerűen csak hagytam magam. Egyetlen egy szál bugyiban feküdtem előtte, és éreztem, ahogyan perzsel a tekintete. Becsuktam a szemeimet és engedtem, hogy tegye, amit szeretne. Teljesen végigmasszírozta a lábaimat, de nem úgy, ahogy azt az ember ilyenkor gondolná. Annál sokkal szenvedélyesebben. Mikor a belső combjaimnál járt, már szinte simogatott, engem pedig elöntött valami megfogalmazhatatlan érzés, amiközben csendben mondogatta, mennyire csodás vagyok.

A hasamon csúszott fel épp a keze. Ekkor hirtelen kinyitottam a szemeimet, felkaptam a fejem, és már szinte mondtam volna, hogy: „Ne!", de belém fojtotta ezzel: „Cssss! Ssss! Nyugi! Ne félj!" És máris a kezében volt a cicim. Simogatni kezdte. Innen már semmi sem szólt a masszázsról; éreztem, tudtam, hogy meg fog történni valami, amit nem akarok, amire nem vagyok felkészülve, amire még álmaimban sem szoktam gondolni. Éreztem, hogy kíván engem. Engem, azzal a rusnya testemmel, amivel annyira nem vagyok kibékülve már évek óta. Elképesztően gyengédek voltak a kezei, én pedig csak folytam tovább az eseményekkel. Úgy szeretgette meg a melleimet, ahogyan a férjem még sohasem, pedig ezidáig azt hittem, hogy nála gyengédebb embert nemigen találhatnék. Libabőrös lett az egész testem attól, amit velem művelt, és láttam, ahogy ettől elégedetten elmosolyodik. Nem tudott a testem közömbös maradni. Amikor lassan csókolgatni kezdte a hasamat, haladva a köldököm felé, majd annál is lejjebb, már szinte reszkettem, és a levegőt is szaporábban vettem. Éreztem, ahogy megindulnak bennem a testnedvek, és képtelen voltam megfékezni őt. Csak feküdtem lemerevedve, hagytam, és majd' kiugrott a szívem a helyéről.

Akarod is, és nem is, őrülten jólesik, közben bűntudatod van, az elméd forrong, a tested sóvárog.

Lehúzta a bugyimat, elképesztően lassan, és közben mindvégig éreztem a leheletét. Nagyon halkan csak annyit mondott:

„Nagyon szép!" És ahogy ezt kimondta, szinte belém hatolt a lehelete, de nem ért hozzám. Nem érintette meg a puncimat, pedig csaknem milliméterekre lehetett tőle a szája. Finoman megsimította a császárhegem, az ujjbegyét gyengéden végighúzta azon. A szemeimbe nézett igézően, mint aki tényleg szerelmes, és elindult felém. A tenyerébe vette az arcomat, és lassan közeledve megcsókolt. Nem dugta le azonnal a torkomra a nyelvét, nem volt semmi vadság: nagyon lassan, apró puszikkal indítva ízlelt meg. Elképesztően finomak és lágyak voltak az ajkai. Olyan puha az arca, szédítően finom a bőre! Azt hiszem, ilyet egyetlen férfitól sem kaphat az ember. Nehéz szavakba önteni, mennyivel másabb volt ez a csók, mint eddig bármelyik. Magával ragadott ez az élmény, és már én is ugyanolyan szenvedéllyel viszonoztam a csókjait, még át is öleltem. Hosszan szeretgettük egymás száját, és közben mintha megállt volna az idő. Teljesen elfelejtkeztem magamról, megrészegülve nem voltak már gondolatok, csak az érzés, ami elöntötte az egész testemet. Ismét a melleim akadtak a kezébe, és miközben a nyelveink táncoltak egymással, olyan gyengédséggel simogatta azokat, hogy úgy éreztem, ettől azonnal elmegyek. Ilyet még sohasem tapasztaltam korábban, nem hittem volna, hogy ez lehetséges. Nem gondoltam volna, hogy pusztán a melleim finom cirógatása így feltüzelhet. Aztán elindultak a kezei lefelé, és amikor a puncimhoz ért, behomorodott a gerincem, rendesen megfeszült az egész testem az izgalomtól.

– Érzem, mennyire kívánsz! Ettől teljesen begerjedem! – mondta, és már ott is volt a feje a combjaim közt, és már nem az ajkaimat csókolta… vagyis de, pontosan az ajkaimat csókolta! Olyan hevületbe kerültem tőle, hogy le sem tudom írni. Egyszerűen nincsenek szavak arra az érzésre, amit kiváltott belőlem azzal, amit a lábaim közt művelt. Szentül meg voltam róla győződve, hogy a férjem rendkívül ügyes ebben a dologban. Mindig el is visz, soha nem hagyott még úgy, ami valljuk csak meg, óriási kincs. Nagyon jól működik ez köztünk: egyszerűen tudja, hogy mire van szükségem. Nem véletlenül mentem hozzá. De ez valami egészen más volt. Annyira keresném hozzá a megfelelő szavakat, de nem jönnek. Az, ahogyan közben a finom kezeivel simogatja a csípőmet, a fenekemet, a combjaimat; az, ahogyan gyengéden köröz a csiklóm körül, majd pont jókor vált ritmust és mintázatot is. Ahogyan tudja, mikor nyaljon bele a hüvelyembe és mikor harapjon rá gyengéden az ajkaimra, mintha pontosan azt érezné, amit én, és ezért tudná, épp hol és hogyan kényeztessen a nyelvével, mikor nyomja oda egy kicsikét erősebben azt, épp mikor legyen picikét gyorsabb vagy lehelet-gyengéd.

Pillanatok alatt a mennyországban éreztem magam, olyan gyorsan kerültem orgazmusközeli állapotba, mint még életemben soha. Pedig nekem a gyönyör pusztán fizikai kontaktból soha nem tudott létrejönni, ahhoz mindig szerelmesnek kellett lennem, hogy a párom el tudjon vinni, és hát meg is kellett nekik dolgozni ezért, nem jött olyan könnyen. Most pedig semmiféle szerelmet, lelki lángolást vagy hasonlót nem éreztem, fel sem merült bennem ilyesmi, és mégis működött vele! Barbi nem csúnya, formás is, sportos, szőke, de ha férfi volnék, úgy érzem, valahogy mégsem ő volna az esetem. Nem érzek felé semmilyen vonzódást, mégis pillanatok alatt elvisz orálisan, de már majdnem megtette ezt pusztán a testem simogatásával is. Komolyan nem hiszem el, hogy mindez megtörtént velem. Nem bírtam tovább csendben maradni sem. A mindvégig visszafojtott hangok is sorra előtörtek belőlem. Éreztem, ahogy megjelent a bizsergés a lábujjaimban, majd ahogyan elkezdett felfutni végig a lábaimon, aztán a medencémbe érve felrobbant. Teljes testemben remegtem, miközben elöntött a forróság. A férjem ezt imádja! Mindig így tör belőlem felszínre a mámor: reszket és remeg az egész testem. Ezt nem lehet megjátszani. Mindig azt mondja: „Nincs még egy ilyen érzéki nő, mint te, aki így meg tudja élni teljes lényében az orgazmust. Nem az a nő vagy, aki sikít kettőt, sóhajt nagyot, meg fújtat liheg kicsit, és jó, kész, ennyi volt. Melletted az ember érzi, tudja és látja is, hogy mennyire jó neked, és ennél nincs jobb érzés, mint mikor az ember bizonyosan érzi, mekkora örömöt okozott a másiknak."

Ennek a látványa, ahogy a teljes testem beleremegett a gyönyörbe, bizony-bizony Barbit is bámulatba ejtette! Hosszasan szeretgette még a testemet, finoman csókolgatott, gyengéden simogatott, kényeztetett nem csak a kezeivel és a csókjaival, hanem a szavaival is. Aztán, ha szabad ezt így mondani, ismét a kezeibe vette a dolgot. És amit az ujjaival is művelt, hát... A gyönyör tengerének vad hullámain szörföztem, és talán még az előbbinél is magasabbra szálltam a mennyország fellegein. Legkisebb sejtjeim apró molekulái is belerezdültek, ahogy átfolyt rajtam a kéj.

Nem várt semmiféle viszonzást. Nem kezdett neki levetkőzni, nem hívott át az ágyára. Pusztán csak adni akart. Talán érezte, hogy erre nem vagyok készen. Hogy fogalmam sincs, én mit tudnék kezdeni egy puncival. Fogalmam sincs, hogy nem undorodnék-e meg akár a szagától, akár az ízétől, nem tudom. Soha életemben nem volt ilyen élményem még – fel sem merült bennem az, hogy kellene, hogy legyen.

Újra megcsókolt gyengéden, nem túl hosszan, majd azt mondta: „Egészségedre!"

És mint aki jól végezte dolgát, kiment a konyhába, majd onnan kiáltott be, hogy „Megkínálhatlak valamivel?" Egy szó sem jött ki a torkomon. Akkor találtam ismét magam a valóságban, és eszméltem rá, mit is műveltem épp. Lerántott a földre a valóság, mint mázsás követ a gravitáció. A pillanatok töredéke alatt fölöltöztem és indultam venni a cipőmet, akkor odalépett hozzám.

– Kérsz valamit inni?

Csak a fejemet ráztam; egyetlen szó sem volt képes elhagyni a számat. A táskám után nyúltam, a pénztárcámat vettem volna elő belőle irtó zavaromban, ahogy ilyenkor szoktam fizetni, amikor indulok már haza, de ő megfogta a kezem és most ő csóválta a fejét, jelezvén ezzel, hogy ne adjak semmit. Ettől még jobban zavarba jöttem. Csak álltam ott szemlesütve, pironkodó arccal, de megfogta az állam, felemelte a fejem, egymás szemeibe pillantottunk szótlanul, majd adott egy szájra-puszit. Én pedig kirohantam a lakásból. Rendesen szaladtam le a lépcsőn, mint aki az életéért fut. Kiérve a házból vaskosakká lettek a lábaim, és nem bírtam hazamenni. Elmentem inkább a trafikba és vettem cigit, pedig már vagy 14 éve nem gyújtottam rá. Nagy kínnal és hatalmas bűntudattal a szívemben indultam haza gyönyörű családomhoz. A férjem meg is jegyezte, hogy „jó sokáig voltál most". Erre mindössze annyit mondtam, hogy kipróbáltam a teljes testmasszázst, ami dupla idő, mert Barbi erősködött.

– És jó volt?

– Túlságosan is.

Majd kimenekültem ebből a párbeszédből, és nem tudtam szabadulni a gondolattól, hogy mit tettem. Elmentem zuhanyozni, mint akinek le kell mosnia magáról a bűzlő bűnt. Hosszasan álltam a tus alatt, de már bizony beégett a bőröm alá ez a szégyen. Egyszerre éreztem nemcsak szégyent, de dühöt, megaláztatást, undort, és közben vágyat is. Igen. Vágyat is. Mert a testem kapott valamit, amit soha nem fog elfelejteni, de közben a lelkem meg apró darabjaira hullott. Sohasem csaltam meg a férjemet. Mindig azt mondtam neki, ha valaki másba beleszeretnék, ő lesz az első, akivel ezt meg fogom osztani, még azelőtt, hogy bármit is tennék fizikailag az illetővel. Mert hittem ebben. De nem. Ezt képtelen vagyok neki elmondani. Képtelen vagyok felrúgni a családi békét és ezzel a gyermekeim életét is, holmi testi gyönyörért, amiről még korábban nem is tudtam, hogy létezik, és bár soha ne is kellett volna ezt megtudnom!

A gyermekeim lelki épsége és a biztonságuk fontosabb mindennél. Képtelen vagyok tönkretenni vagy föladni ezt, inkább maradok hazugságban, pedig ha elmondanám neki, talán még meg is tudna bocsájtani, mégsem megy. Magamba temetem ezt a szégyent örökre, bezárom a lelkem legmélyebb vermébe, és megpróbálok nem gondolni erre. Mintha ez olyan könnyű volna! Tudom, hogy hiba volt. Nem oszthatom meg senkivel, elmondom hát mindenkinek. Szinte akarom, hogy bántsatok érte!

2. RÉSZ

A kínos eset után, amit ráadásul négygyermekes minta-családanyaként követtem el, totál felfordult velem a világ. A megcsalás szégyenét cipelve a lelkemben csak keresgéltem a helyem a világban, pedig ezidáig sziklaszilárdnak hittem a kapcsolatomat a férjemmel, most meg azt sem tudom, ki is vagyok én. Gyötrő gondolataim felemésztettek, élő zombiként jártam-keltem, próbáltam a családomra koncentrálni, és kiverni örökre a fejemből a történteket. A lábam sem tettem be a boltba, nehogy összefussunk Barbival. Nem bírtam volna a szemébe nézni. A masszázst pedig kiiktattam. Mikor már vagy két hete vergődtem önmagammal, Barbi rám írt Messengeren:

– Reméltem, hogy hamarosan eljössz megint hozzám. Hogy vagy?

– Nem tehetem. Többé nem megyek. Őszinte leszek: hatalmas hiba volt hagyni megtörténni ezt. Azóta sem bírok kibékülni önmagammal ☹ Kérlek, ne keress!

– Sajnálom, hogy így érzed. Én őszintén kedvellek! Sőt…

– Ebbe ne menjünk bele!

– Pedig éreztem, hogy mennyire jó volt neked. Ezt kár volna tagadnod.

– Nem szeretnék erről beszélni!

– Most biztosan azt gondolod, hogy azért váltam el Ádámtól, mert a másik csapatban játszom szívesebben. Akkor most elárulom neked, hogy nem érzem magam leszbikusnak, talán inkább biszexuálisnak, vagy nem is tudom, mifélének lehet ezt nevezni a mai modern szexuális hovatartozási kategóriák közül. Egyetlen nővel voltam együtt előtted. Nem terveztem el semmit én sem, egyszerűen csak elragadott magával a lehetőség. Amikor meséltél azokról az élményekről még az egyetemi éveidből, úgy éreztem, nagyon közel engedtél magadhoz, és mikor legutóbb én is megnyíltam neked, komolyan azt gondoltam, igazán elindult köztünk valami. Azóta is minden alkalommal egyre közelebb érezlek magamhoz lelkileg, és annyira jólesett, amikor elhívtál mozizni is, amikor a barátnőd nem ért rá, de nagyon mentél volna, olyan boldoggá tett, hogy én jutottam eszedbe! Azt hittem, valami tényleg elindult köztünk. Nem tagadom, vonzódom hozzád. Igazán gyönyörűnek látlak! Olyan jó hallgatni a történeteidet, mindig olyan szenvedéllyel beszélsz a dolgokról. Annyira csodállak rengeteg mindenért, és igen, többet is jelentesz számomra. Lehet, hogy csak áltattam magam, de komolyan úgy éreztem, hogy ez lehet kölcsönös köztünk. Sajnálom, hogy hatalmas hibának gondolod, mert én azóta is csak erre tudok gondolni. Megfogadtam, hogy kivárom, hogy te jelentkezz, de nem bírtam már tovább, muszáj volt írnom. Én nem bántam meg semmit! Fantasztikus vagy, gyönyörű, és annyira érzéki!

– Rohadtul szégyellem az egészet, nem akarom, hogy írj! Nem fogom felforgatni a családom, nem akarok több affért! Nekem a gyerekek az elsők, bármit is gondolsz most.

– Nem is várom tőled.

Ezzel abbamaradt a chatelés, és csak még rosszabb lett minden. Úristen! Miféle jeleket küldtem én neki, amiből úgy érezte, talán lehet köztünk valami több? Ezen filozofáltam, és komolyan nem tudtam ezt az egészet hová tenni. Hiszen csak beszélgettünk. Oké, beszéltünk pár igazán személyes és pikáns dologról is, de én ezt amolyan mélyreható csajos csevejként éltem meg, nem pedig közeledésként. Te jó ég! Belém szeretett volna? Ez így még marcangolóbb. Soha nem játszottam az emberek érzéseivel, annál ezerszer lelkisebb ember vagyok, és ettől csak még jobban elhatalmasodott bennem a bűntudat.

Egy reggel arra ébredtem, hogy csuromvizes vagyok, és hogy csak zihálva kapkodom a levegőt. Vele álmodtam. Megtörtént újra. Álmomban ismét odaadtam neki magam, és a fellegekbe repített. Olyan érzékien szeretgetett ismét, hogy az ember beleborzong a gondolatba. Elhatalmasodott bennem iránta a vágy, mint vizes pincében a penész. El is késtünk reggel mindenhonnan, mert alig bírtam összeszedni magam, és koncentrálni a reggeli gyorsított tempóra. A gyerkőcöket reggelente elindítani igazi művészet, és ha én szétesem, akkor kész káosz lesz minden. Nagyon vacak napom lett, mert képtelen voltam a munkahelyemen odafigyelni akármire is. Egyfolytában az álmom hatása alatt voltam és be-bevillantak a képek, amik ott, abban megtörténtek. Teljesen kikészített ez az egész.

Este összebújtunk a férjemmel. Én kezdeményeztem a dolgot: szerettem volna visszatalálni a saját valóságomba, és úgy folytatni az életem, mintha semmit sem vétkeztem volna. Nagyon szeret a lábaim közt a nyelvével játszadozni, többnyire így szoktak kezdődni az együttléteink, hogy előbb nekem legyen jó, és csak azután csinálunk minden mást is, mert akkor könnyebben megyek el hüvelyen keresztül, ha már előtte kielégített orálisan. Azóta nem volt szex köztünk, amióta Barbival történt, ami történt. Nem vitt rá a lélek, de most nagyon akartam. Szerettem volna újra az övé lenni testestől-lelkestől, mint régen. De az intim együttlétünk is csak fantáziálásba sodródott a részemről. Azon kaptam magam, hogy Barbi csókjaira gondolok, és hogy nem teljesen vagyok jelen.

Nem tudom, hová vezet ez az egész, hogy mikor fogok végre észhez térni, de már enni is alig bírok. Nem veszem észre az embereket magam körül, úgy köszönnek rám. Csak ténfergek, és mardosnak a gondolataim.

Egyik este ismét jött egy üzenet tőle:

– Remélem, hogy eljut még hozzád ez, amit írok, és nem tiltottál le. Sokat gondolkodtam, és szeretnék tőled bocsánatot kérni. Félreértettem néhány dolgot, ami az én hibám. Ne haragudj rám, ígérem, hogy nem érek hozzád többé úgy, és nem is hozom fel ezt a témát. Tudomásul vettem, hogy nem akarod ezt. De nem szeretnélek, mint „vendéget" elveszíteni. Rendszeresen jársz már nagyon rég, te vagy az egyik legkiszámíthatóbb ember, aki hozzám jár, és igenis számítana nekem anyagilag is, ha kiesnél, ha máshoz mennél. Tudod, milyen nehezen jövök ki a pénzemből, pont ezért csinálom ezt a mellékállást. Amíg Kornél egyetemre jár, szükségem van a plusz bevételre – ilyen hatalmas árak mellett különösen. Nem szeretném, ha harag lenne köztünk, és azt is pontosan tudom, mennyire le van terhelve a hátad, hogy mennyire fáj mindig. Szeretném, ha jönnél hozzám masszázsra a történtek ellenére is. Kérlek! Ne rúgj ki!

Az üzenet eljutott, nem tiltottam le, meg sem fordult ilyesmi a fejemben őszintén szólva. De ezzel dilemmába estem. Tudom, hogy mennyire szüksége van a pénzre, erről nagyon sokat beszélgettünk korábban. Pont azért végzett el egy képzést és kezdett bele az egészbe, mert Kornél fia menni akart egyetemre, Budapestre, és másképpen nem tudta volna támogatni őt. Pedig Kornél is vállalt munkát a tanulmányai mellett, de még így is szükség van mellékállásra nekik. Pontosan tudom, mennyire nehéz neki új vendégeket bevonzani, még meg is kért, hogy népszerűsítsem őt a munkahelyemen, és ha nem nagy kérés, osszam meg a Facebook-oldalát az ismerőseim közt, hátha valakit érdekelné még a masszázs. Én pedig tényleg rendszeresen jártam hozzá, mert olykor bele bírok gebedni a hátfájásomba. Úgyhogy két hosszú nap kattogás után azt írtam neki válaszul:

– Oké. Jövő héten kedd este tudnék menni, de ha bármiféle közeledést éreznék, felállok és eljövök, aztán többé tényleg nem megyek.

– Megértettem! Kedd 17 óra jó lesz? – jött rá pár percen belül a válasz.

– Igen.

Mindketten fukarok voltunk a szavakkal. Kicsit megkönnyebbültem ettől; nem tudom, miért, de valahogy jólesett ez a visszabillenés. Szar érzés lett volna így eltávolodni tőle, pedig nem kellene az ő lelkivilágával foglalkoznom semmit sem, csakis a magamét kellene rendbe rázni végre.

3. RÉSZ

A gyerekek körül rengeteg teendő és esemény adódott, rohantam, mint mindig, tettem a dolgom, jó gyorsan el is teltek a napok és elérkezett a kedd. Korábban Barbi mindig rám írt aznap, amikorra elő voltam jegyezve nála, mert rendszeresen annyifelé van a fejem, hogy sajnos hajlamos volnék elfelejteni. Most nem írt semmit – talán jobb is. Hogy is felejtkezhettem volna meg erről, mikor már aznap reggel görcsben volt a gyomrom a találkozásunk miatt? Egész nap ezen szorongtam, és még az is megfordult a fejemben, hogy inkább mégsem kellene mennem. Dilemmáztam egész nap, de valami belső kíváncsiság mégis hajtott hozzá, és fogalmam sincs, miért, de úgy éreztem, tartozom neki. Izgatott voltam nagyon, ahogy közeledett a délután. Hazaértünk a gyerekekkel, adtam nekik enni, mert ilyenkor mindig majd' meghalnak éhen, aztán gyorsan letusoltam, felöltöztem, és indultam át hozzá. Nagyon közel lakik hozzánk, a saját otthonában, a kisszobában rendezkedett be erre a vállalkozásra, így nem kell neki bérleti díjat fizetnie, nincsenek plusz költségei. Kornél fia csak nagyon ritkán jön haza, mert szegény gyerek hétvégente dolgozik, hogy ki bírják fizetni a pesti, méregdrága albérletet. Úgyhogy Barbi jó sokat van egyedül. A férjével már több mint 7 éve elváltak, ő új családot alapított. Egyébként egy igazi kőbunkó pasas. Barbi totál a padlóról kaparta össze magát. Igazi mérgező kapcsolatban élt vele, már nem bánja, hogy vége van, de totál egyedül maradt a gyerekkel, és őrült nehéz volt neki megteremtenie a fia számára azt, amire csak szüksége lehet egy gyermeknek. Sokat beszélgettünk erről az időszakáról. A masszírozásai alatt mindig beszélgettünk, sok-sok személyes dologról is. Én is megosztottam vele rengeteg privát és intim részletet az életemből, sokat lelkiztünk, és ez olyan jó volt, mintha egyszerre jártam volna nemcsak hátmasszázsra, hanem pszichológushoz is egy kis kibeszélésre, vagy csak szimplán egy kis csevegésre. Sőt, a masszázsok után is még mindig csak mondta és mondta, és én is csak mondtam és mondtam neki; mindig rádumáltunk még vagy félórát, miután felöltöztem. Karácsonykor még egy kis ajándékot is kaptam tőle, amivel teljesen zavarba is hozott, hiszen én nem készültem semmivel neki, és meg is ölelgetett, amikor elköszöntünk a téliszünet előtt. Ezért is hívtam őt el mozizni, hogy egy kicsit kompenzáljam ezt.

Szóval elindultam hozzá, és a torkomban dobogott a szívem. Remegtek a lábaim, izzadt a tenyerem.

Fölcsengettem, fölmentem, nyitva volt az ajtó, ő pedig a konyhából szólt ki, hogy „Gyere csak be, mehetsz is vetkőzni, azonnal megyek én is". Levettem felül mindent, ahogy kell, fölfeküdtem a padjára és vártam. Bejött hozzám, bekapcsolta a zenéjét, majd megkérdezte, hogy melyik olajat kérem. Mondtam, hogy legyen a szőlős, és innentől egyetlen szót sem szóltunk egymáshoz. Mintha két idegen lettünk volna, pedig nem is olyan régen még bennem jártak az ujjai... Nem néztem az időt, de bizonyosan éreztem, hogy hosszabb volt, mint 45 perc. Ennyi lenne a hivatalos idő. Van egy pont, ahol nagyon le vannak tapadva az izmaim, ott fáj a legjobban, és most arra a részre sokszorosan rádolgozott. Elképesztően jólesett. A végén pusztán annyit mondott, hogy „Egészségedre!" Ezután kisietett a konyhába. Nem tudom, mit csinált, és nem is beszélt hozzám, mint máskor szokott. Villámgyorsan felöltöztem, indultam a cipőm húzni, és akkor kérdezte:

– Olvastad az oldalamon az áremelést?

– Nem, nem láttam.

– Muszáj voltam már én is emelni egy kicsit a díjamon.

Kifizettem, megköszöntem és hazamentem. Még haza sem értem, már jött tőle az üzenet:

– Köszönöm!

– Én köszönöm – válaszoltam vissza, és ezzel véget is ért az üzengetés.

Este rendeztem a gyerekeket, összepakoltam a lakást, és nyugalom áradt szét bennem. Mintha leesett volna valami vaskos kő. Azt hiszem, ez volt az első nyugodtabb éjjelem az ominózus eset után.

Teltek a napok, és bent a munkahelyemen költözködés volt egyik szobából a másikba. Rengeteg könyvet, dossziét, dobozt, iratokat és mindenfélét cipeltem egész nap innen oda, rendesen beleállt megint a hátamba a nyavalya.

Rá is írtam Barbira, hogy tudnék-e valamikor menni. Azonnal válaszolt, hogy szabin van épp, akár most is mehetek. Azt írtam vissza, hogy akkor elrendezem a családot, és ha apa is hazaér, átmennék. Így is lett. És megint csak a szótlanság volt jelen köztünk, pedig úgy elcsacsogtam volna neki az aznapi kínjaimat, de nem tettem. Már jó ideje nyomkodott, amikor egyszer csak azt mondta:

– Ez most már mindig így lesz? Már társalogni sem fogunk? Nekem nagyon hiányoznak a beszélgetéseink…

Sóhajtottam egy nagyot, kerestem a szavakat, majd néhány tucat másodperc eltelte után annyit mondtam:

– Nekem is.

– Úgy érzem, hogy teljesen görcsben vagy. Itt, a bal oldalon nagyon merev.

– Igen, fáj is rettentően. Egész nap pakoltam, cipekedtem.

– Hogyhogy?

És elkezdtünk végre kommunikálni is egymással.

Hazamentem, csináltam az esti rutint, majd miután elaludtak a gyerekek, a férjem megjelent egy palack borral a kezében.

– Kinyitjuk?

– Miért ne!

Iszogattunk, beszélgettünk, majd elment borotválkozni. Rögtön tudtam, mit szeretne. Mindig megborotválkozik frissen, ha össze szeretne velem bújni. Nem bírom a borostát, az arcomon a bőr nagyon érzékeny, nagyon fáj és kidörzsölődik, ha borostás férfivel csókolózom, és erre mindig tekintettel is van. Bementem én is a fürdőbe, beálltam a tus alá, mondván, csupa olaj a hátam. Megmosakodtunk mindketten, és pontosan az jött, amire számítottam. Nagyon gyengéd volt hozzám, és egy szavam sem lehetett volna, ha közben-közben eszembe nem jutott volna egy-egy Barbival töltött pillanat. A fantáziámat ismét nem bírtam sarokba kényszeríteni. Miután véget ért a „móka”, ő gyorsan el is aludt, az én gondolataim viszont cikázni kezdtek. Fizikailag nagyon fáradt voltam, mégsem tudtam aludni. Egyfolytában csak a Barbival történteken járt az eszem és azon agyaltam, mi van, ha én valójában biszexuális vagyok… Lehetséges volna ez? Hogy valaki a negyvenes éveire döbbenjen rá, hogy vonzódik más irányba is?

4. RÉSZ

Ki is vagyok én? Mit akarok kezdeni ezzel az egésszel? – kérdezgettem magam újra meg újra. A párom megcsalásából eredő bűntudat ugyan folyton mardos, mégis egyre inkább meg szeretném érteni a dolgok miértjét. Hogy történhetett ez meg? Talán volnának a szexualitásomban elfojtott vágyak? Tényleg vonzódnék a nőkhöz is? Soha életemben nem tudtam úgy lefeküdni senkivel, hogy nem volt mögötte érzelem, valamiért nem ment másképp. Kellett egy belső lelki vágyódás is a másik iránt, hogy fölébredjen bennem a fizikai vonzalom. És most komolyan nem értem, hogy jön egy nő, aki a magáévá tesz, és én hagyom ezt úgy, hogy harmonikusan működő párkapcsolatban élek. Jó, persze, vannak nehézségek is, de hol nincsen? A férjem tényleg életem legnagyobb szerelme volt, hatalmas hőfokon égtünk együtt szerelmünk fellobbanásának kezdetén. Hosszasan leveleztünk egymással, mély beszélgetéseink voltak, néha kissé spirituálisak is. Verseket is írt hozzám. Halálosan romantikus volt, engem pedig megszédített. Már rég egymásba voltunk habarodva, amikor egyáltalán elkezdtünk találkozgatni is. Ezek a személyes találkozások mind-mind kellemes beszélgetések voltak, hozott bort, sajtot hozzá, eszegettünk, iszogattunk, és a világ összes dolgát ki tudtuk beszélni. Úgy éreztem, ő a lelki társam. Nagyon sok idő után mert egyáltalán puszit adni az arcomra, meg is kérdezte előtte, hogy szabad-e. Igazi barátok is lettünk, és egyikünk sem merte a barátság határait átlépni, pedig mindkettőnkben tombolt ám a kíváncsiság. Egyszer csak nem bírta tovább, és megragadott, megcsókolt. De olyan vehemenciával, hogy szinte fájt a szorítása a karomon és nagyon rányomta a száját az enyémre. Nem volt az az igazi szenvedélyes és gyengéd „első csók", mint amilyenekről a romantikus leányregényekben olvasunk. Mikor eleresztett, mondtam is neki rögtön:

– Ne nyelj le, légyszi! – és mosolyogtam rá. – Akkor kezdjük el most ezt elölről! – és megcsókoltam én őt, nagyon lágyan, finoman, majd kissé mélyrehatóbban. Ez már beleillett a leányregényekbe is. Nem kapkodtunk el semmit, örültünk a kölcsönös vonzalomnak. Az első szeretkezésünk is váratott még magára és nem bántuk meg a várakozást, készülődést erre. Mindketten nagyon lelkisek vagyunk, a legjobbat szerettük volna adni magunkból. Mikor megtörtént, igazán csodás élményben volt részünk, és nagy, szenvedélyes szerelemmel tudtuk megélni az együtt töltött időket. Úgy érzem, jól választottam vele: igazán gondoskodó férj és apa lett. Persze jó sok nehézséget is áthidaltunk együtt, nem volt mindig minden csupa rózsaszín. Hát hol már? Szülőnek lenni kutya nehéz dolog, mi pedig jó nagy kanállal merítettünk ebből. Szeretem a férjemet. Igazán szeretem. És mégis bekúszott most közénk egy dörgedelmes viharfelhő, amiről ő még csak nem is sejti, hogy itt villámlik épp már a hátamon. Én pedig ahelyett, hogy berohannék az ő bizalomból épített várába, hagyom magam megázni. Csak állok kint az esőben, már szinte veri a fejem a jég, de kíváncsian várom a villámlást. Meg akarom látni azt, úgy is, hogy tudom, ez bizony belém fog csapni és szét fog vágni.

Itt van az életemben valaki, aki még csak nem is olyan közeli barát, akivel az ember nagyon mélyen kapcsolódna lélekben, hanem egy kellemes ismerős, egy klassz beszélgetőpartner inkább, és mindenféle vonzalom nélkül olyan testi érzéseket vált ki, hogy az emberfia megtébolyul. Mégis hogyan történhet ez meg? Nem érzem azt, hogy kívánom a testét, de valamiféle kíváncsiság mégis dolgozik bennem. Eljátszottam a gondolattal, vajon milyen érzés lehet egy női testet megszeretgetni *úgy*. Felébredt bennem valami, ami ha eddig jelen is volt, irtó mélyre volt elsüllyesztve. Az ember kíváncsi és gyarló, ez most sokszorosan igaz rám is. Mert a gondolat csírája már növekedésnek indult bennem.

Őszintén úgy gondolom, hogy nem szeretném sem tönkretenni, sem föláldozni a kettőnk kapcsolatát némi kábszerért, amit belém nyomtak, mégis függője lettem ennek a kis mocskos foltnak, ami rám ragadt. Elburjánzik benned a gondolat, és hiába gyomlálgatod, vissza-visszanő.

Egészen kisgyermekkoromból van két nagyon jó barátom, egy fiú és egy lány. Mi hárman olyanok vagyunk egymásnak több mint harminc év távlatából is, mintha testvérek volnánk. A fiú meleg. Erre a felismerésre nagyjából tíz éve jött rá, és kilenc évvel ezelőtt osztotta meg velünk, a legközelebbi barátaival, egy közösen töltött szilveszter után:

> *„Kicsit hosszúra sikeredett, de hát sok mondanivalóm van. Én idén egyetlen újévi fogadalmat tettem: azt, hogy boldog leszek.*
>
> *Sokszor elképzeltem már, hogy ez hogy fog történni, és ennyi év után talán nem is az e-mail a legmegfelelőbb forma erre, de nem tudom eldönteni, hogy kivel kezdjem, valamint így talán könnyebb is nekem, mert nem látom az első reakciót és a döbbenetet az arcotokon.*
>
> *Hosszú időbe, évekbe telt, míg a felismerésen, a vívódásokon és az elfogadáson túl belenyugodtam a megváltoztathatatlanba, és most, az új év kezdetével talán készen állok arra, hogy egy boldogabb életet éljek. Én meleg vagyok.*
>
> *Hogy miért, „mitől" és hogyan? Nem tudom, de ezekre a kérdésekre már nem is keresem a választ. Hogy miért most, és miért vártam ennyit? Egyrészt, nekem ennyi időre volt szükségem ehhez, másrészt pedig egyszerűen féltem az elutasítástól, és attól, hogy egyedül maradok a világban. Az elmúlt évek, hónapok eseményei, az esküvők, szakítások, gyerekszületések viszont azt erősítették meg bennem, hogy szép lassan elmegy mellettem a fiatalságom, míg én csak egyhelyben toporgok, és várok valamire, hogy történjen, holott csak saját magamra vártam. Lehet, hogy volt, akiben felmerült a gondolat, hogy én is „az" vagyok, de nem rontott ajtóstól a házba, neki ezúton is szeretném megköszönni a diszkrécióját.*

Belefáradtam abba, hogy egy ekkora terhet egyedül cipeljek (mert ez sajnos valahol az, vagy legalábbis én még annak élem meg), belefáradtam az én esetemben tabu témának számító magánéleti kérdésekbe, és belefáradtam a kitérő válaszokba. Belefáradtam a magányba is, ami sokkal elviselhetetlenebb lett volna, ha ti nem vagytok itt nekem, és belefáradtam abba, hogy lassan már nem tudok szívből örülni mások boldogságának, mert én azt soha nem érhetem el. Viszont nem tudom, és nem is akarom egyetlen nőnek sem azt hazudni életem végéig, hogy szeretem, holott ez nem így van, és leélni akár egy egész életet egy boldogtalan, titkokkal teli házasságban. És szerintem ez így helyes. Erről még sokat fogunk beszélgetni, legalábbis remélem, és talán számotokra is választ tudok majd adni néhány kérdésre.

A családom még nem tudja, egyelőre gyűjtöm az erőt, hogy elmondjam nekik, de valahol el kellett kezdenem, és hát kivel ossza meg az ember a dolgait, ha nem a barátaival.

Nem könnyű elfogadni, hogy a világ egyik legmegosztóbb társadalmi csoportjához tartozol, és abban sem vagyok biztos (több szempontból sem), hogy Magyarország a legmegfelelőbb hely számomra, bár ezen még sokat kell gondolkodnom, hogy hogyan tovább.

Közhelyesen hangzik, de én ugyanaz az ember vagyok, aki tegnap voltam, csak most már több mindent tudtok rólam. Nem tudom, mi lesz holnap, és nem tudom, mi lesz akkor, amikor legközelebb találkozunk. Nekem nehéz lesz, de valahol már könnyebb is, és bízom benne, hogy mindannyian megfelelően tudjuk kezelni ezt a helyzetet.

Puszi"

Néhány órán belül elsőként érkezett meg a levelére az én válaszom mindenki postafiókjába, akinek csak elküldte ezt a levet:

*Legelőször is azt kívánom, hogy légy boldog, ahogy
megfogadtad.
Bennem ez fel sem merült, de én téged szeretlek, az
embert. Ez sosem fog változni!
Biztosan furi lesz, de majd ehhez is mindnyájan fel
fogunk nőni, Érted, miattad, mert a barátunk vagy!
Puszillak.*

Sorra jöttek az együttérző és a barátunkat szerető, megerősítő levelek. Nagyon elfogadóak voltunk vele, mindenben támogattuk, amiben csak lehetséges volt. Nagyon nehéz utat járt be a saját boldogságáért, de ma már igazi boldog párkapcsolatban él ő is, igazán szeretve van, és megélhette ő is a szerelem hőlégballonjából a kilátást. Jó lenne vele erről beszélni, de a szégyen, ami elhatalmasodott bennem, nem engedi ezt. Nem a szexualitás az, ami szégyennel tölt el, hanem az, amit a párommal teszek. Gergő nem ilyen embernek ismert engem meg, és a párommal is rendkívül jó a kapcsolata; úgy érzem, megvetne ezért. Csalódna bennem. Azt tanácsolná, beszéljük meg egymással, és igaza is van, tudom én is, de ezt nem tehetem. Egyszerűen nem megy. A sziklaszilárd erkölcseim romokban hevernek: beléptem a megcsalók rohadt, posványos pöcegödrébe, és bűzlök a mocsoktól én is. Itt rohad rajtam ez a kéj, én pedig ahelyett, hogy lemosnám magamról, épp nyalogatom…

5. RÉSZ

A következő hetek fura lebegésben teltek, mintha hozzám tapadt volna egy másik dimenzió is. Még kétszer jártam Barbinál mindössze 20 nap alatt, és úgy teltek el ezek az ottlétek, mintha annak előtte semmi sem történt volna köztünk. Tényleg nem közeledett hozzám és csak a mindennapokról esett szó, de legalább újra normálisan beszélgettünk, nem olyan feszengve.

Sokféle érzés váltakozott bennem, de bizony-bizony a vágy és az a pimasz kíváncsiság is hatalmat gyakorolt felettem, még ha csak gondolati szinten is. Így történt, hogy fogalmam sincs, mitől vezérelve, de megbolygattam rendesen az érzéseit szegény Barbinak. Egy újabb alkalommal, mikor nála jártam, rákérdeztem:

– Lesz még vendéged utánam?

– Nem. Miért kérdezed?

– Hát... És bicajozni sem mész? (Babri eljár tekerni rendszeresen, van, hogy egyedül, van, hogy egy társasággal együtt, és nagyon klassz kis tekerős túrákat is szoktak szervezni maguknak.) Vagy nincsen valami programod ezután?

– Nem, semmi. Már csak tévézni fogok kicsit, de miért?

– Hááát, mert arra gondoltam, hogy esetleg mégiscsak kipróbálnám azt a teljes testmasszázst.

Hirtelen nem is tudott mit mondani, lehetett érezni, hogy pillanatokra lefagyott, majd mindössze annyit mondott: oké. Szinte hallottam, ahogyan kattogtak a fejében a fogaskerekek...

Fogalmam sincs, mi a francért bújt belém a kisördög, de ez már rendesen kóstolgatásnak minősült. Szemét módon látni akartam a reakcióját. Ő meg, szegény, hirtelen azt sem tudta, fiú-e vagy lány, nem tudta, mi a franc ez. Táncra való felhívás? Valamiféle teszt? Zavarba jött nagyon, hallható volt a hangján, mikor azt mondta:

– Akkor le kellene venni a nadrágot.

– Jó.

– Ööö, leveszed? Vagy segítsek? Á, tudod mit, vedd inkább le te, mert nem szeretném összeolajozni – és kiviharzott a szobából. Minden bizonnyal kétségek közt vergődött, hogy most mitévő legyen. Vajon meggondoltam magam és szeretnék valami többet, vagy mégis mi ez most?

Levettem hát a nadrágomat, a zoknimat, és visszafeküdtem a hasamra. Visszajött egy törölközővel a kezében, és betakarta vele a lábaimat, majd folytatta a hátam masszírozását. Próbáltam feloldani a szitut, és ezt kamuztam neki:

– Nagyon jólesne most egy kis talpmasszázs is, mert majd' leszakadnak a lábaim is. Remélem, nem baj, hogy ezt csak így mondom.

– Ó, nem gond, persze, megcsinálom.

A további beszélgetés csak akadozott köztünk: nagyon felforgattam ezzel a lelki békéjét. Szemét egy húzás volt ez tőlem, meg kell hagyni. Mikor végzett a hátammal, kérte, hogy forduljak meg, és pár pillanatig nyálcsorgatva nézte fedetlen cickóimat, majd gyorsan rám terítette a törölközőt.

– Nehogy megfázz itt nekem!

Belefogott a talpaim nyomkodásába. Nagyon ügyes kezei vannak, érezni, ahogy árad belőlük az energia. Becsuktam a szemeimet, átadtam magam teljesen neki, és azon kaptam magam, hogy ismét fantáziálgatok. Egyetlen szavamba került volna csak, és biztosan magáévá is tesz, de ennyire azért nem voltam tökös. A talpaimat alaposan meggyúrta, viszont hihetetlen gyengéd lett, amikor már nem a talpaimat csinálta. Azt hiszem, teljesen felizgultam, ahogy a lábaimat kényeztette. Néha mintha átment volna ez simogatásba, főleg a combjaimon, de mivel még nem voltam előtte ilyenen, nem is tudtam mihez viszonyítani. Nem is tudom, mire volt ez az egész jó a részemről, hiszen csak beletekertem vele mindkettőnket egy újabb érzelmi hullámvasútba, de belém bújt a sárga démon...

Mondtam neki, hogy nagyon jólesett, és legközelebb is ilyenre fogok akkor jönni. Úgy is lett: alig vártam, hogy ismét a kezei alá fekhessek. Eluralkodtak felettem a perverz fantáziálgatások. Azon kaptam magam, hogy a munkahelyemen is, és este, elalvás előtt is gyakran gondolok rá, az érintéseire, a csókjaira a testemen. Egyik este, miután a férjem elaludt, még magamhoz is nyúltam, úgy, hogy közben mindvégig rá gondoltam. Idejét nem tudom, mikor végeztem utoljára önkielégítést, de még valamikor az egyetemi éveim során történt. És most úgy megcsináltam magam, hogy csuda, alig bírtam lenyelni a hangokat. Ki kell, hogy mondjam: kívántam őt, nagyon-nagyon. Elburjánzott bennem ez az ösztönből eredő vágy…

Számoltam a napokat, vártam a találkozást. Előtte este, mint egy első együttlétre készülő nőcske, mindenhol rendbe tettem magam. Szép akartam lenni, és ápolt. Még a körmeimet is kilakkoztam, pedig ezt nem igazán szeretem, csak akkor szoktam megcsinálni, ha színházba, esküvőre stb. megyek, a hétköznapokon nem törődöm ilyesmivel.

Eljött hát az én napom. Teljesen görcsben volt mindenem, liftezett a gyomrom, és megszólalt a lelkiismeretem is, ami mostanság valahol meghúzódott egy sötét sarokban. Villogott bennem a tűzjelző: „Ne légy hülye! Mégis mire készülsz?"

Vágyaimtól felfűtötten a padján feküdtem, de mielőtt belefogott Barbi a masszázsba, megkérdezte:

– Megengeded, hogy összefogjam a hajad?

Ilyet még sohasem kérdezett, de már csinálta is, nekem pedig ettől kiült az egész testemre a libabőr. A hajam birizgálása egyfajta erogén zónának minősül nálam, nagyon durván tud rám hatni. És ő ezt le is vette! Talán direkt is csinálta, visszaadva a múltkori kóstolgatásom; lehet, hogy most ő akart engem provokálni ezzel. Be is jött, mert baromira felhúzott vele, és még rá is tett egy lapáttal, mikor a nyakamat is masszázsnak álcázva szeretgette, pedig ilyen rész eddig nem tartozott a műsorhoz sosem. Mire ahhoz a részhez értünk, hogy „fordulj meg", addigra totál benedvesedtem pusztán a piszkos gondolataimtól. Átfordultam, és összeakadt a tekintetünk. Úgy néztünk egymásra, olyan vágyakozással, hogy szinte felfaltuk a másikat csupán a szemeinkkel. Barbi még nyelt is egyet, láttam, ahogy leveri őt is a víz. De nem közeledett, nem tett semmi olyat, próbált koncentrálni a feladatára, ami nem lehetett könnyű úgy, hogy ott fekszem előtte egyetlen bugyiban, ami elég szexi is volt – direkt, hát persze, hogy direkt, mégsem a hétköznapi anyukabugyimat vettem magamra, hanem a lehető legvadabbat húztam ki a fiókból. A vállaimnál kezdett volna munkába, de én megragadtam a kezét és a szemébe nézetem. Lefagyott minden, még a pillanat is megdermedt, csak néztünk egymás szemébe szótlan, hosszan, majd felültem a padon, leléptem és elé álltam, de a karját nem eresztettem el. Végigsimítottam rajta a tenyerem, lassan húztam le a kezemet a karján, majd a tenyerébe helyeztem az enyém, és belekulcsoltam az ujjaim az övéibe. Még mindig csak nézett, mint akinek földbe gyökerezett a lába, mint akit leforráztak. A másik kezével idegesen igazította meg az orrán a lecsúszó szemüvegét, visszatolta azt az ujjával, megint nyelt egy nagyot, én pedig megsimogattam az arcát.

– Biztosan ezt akarod?

Én pedig bólogattam, miközben beleragadt a tekintetem az övébe.

– Nem fogod megint megbánni?

De erre már nem akartam reagálni sem: megcsókoltam. Hosszasan csókolóztunk, és ez az egész olyan mámoros és szenvedélyes volt, hogy fel bírtam volna falni. Őrülten kívántam, hogy átadhassam magam neki ismét. Megfogta a kezem, és átvezetett a hálójába. Lefeküdtem az ágyra széttárulkozva, ő pedig a lábujjaimat csókolgatta. Szépen lassan, gyöngéd puszikkal és cirógatásokkal haladt föl a lábaimon, majd kihámozott a még rajtam maradt bugyimból is, amibe beleszagolt.

– Szeretnéd? Megtarthatod! – mondtam mosolyogva, de őt jobban izgatta a bugyi alatti terület. Csak puszilgatott ott, és csapkodtak belém a villámok tőle. Aztán haladt feljebb, végigcsókolta a testem, közben szenvedélytől fűtve, mégis gyöngéden simogatott is. A melleimnél hosszasan elidőzött, és ismét közel kerültem az orgazmushoz pusztán ettől. Megfogtam két kézzel az arcát, magamra húztam őt, és ismét szenvedélyesen csókolóztunk. Levettem a pólóját, a melltartóját, és én is megérintettem a melleit. Soha nem fogtam még női melleket a sajátomon kívül. Elvarázsolt ez az érzés; nekem is jólesett őt simogatni, megérinteni. Gyönyörűnek láttam minden négyzetcentiméterét, annyira szépek és formásak voltak azok a cickók, oly puha és finom volt a bőr, amibe bele voltak csomagolva. Levettük róla a nadrágot is és minden mást. Meztelenül fonódott össze a testünk, úgy csókoltuk és öleltük fekve egymást tovább. Átvette felettem az irányítást, és én hagytam ezt, engedtem mindent neki, és élveztem a mennyei kényeztetést. Amit a nyelvével művelt a puncimmal, hát az valami elképesztő volt. Jó lenne egy olyan szószedet, tele tökéletes jelzőkkel, ami kielégítően le tudná festeni ezt az élményt, de sajnos nem találom hozzá a megfelelő megfogalmazást. Dimenziót váltottam. Igen, talán ez az, ami valamennyire képes lefedni a valóságot. Őrületes volt. A női test ölelése olyan érzéki élmény! Telis-tele voltunk mindketten szűnni nem akaró szenvedéllyel. Egyszer csak átölelt szorosan, és azt mondta:

– Ez nekem nem csak szex, Barbikám, én szeretlek!

Én pedig megadtam neki, amit nem is remélt: kinyaltam őt én is. Nagyon óvatosan ízlelgettem meg, mert kissé féltem is, de nem volt mitől. Éreztem, hogy valódi örömöt okoztam neki, hogy ha nem is robbant akkorát, mint én tőle, de nagyon élvezte a kezdeti sutáskodásomat magán. Kedves volt, ahogy nagyon ügyesnek nevezett, pedig ez nem volt más, csak próbálkozás és tapogatózás a részemről még. Elképzeltem, hogy én vagyok ő, és próbáltam úgy csinálni, hogy neki is jó legyen. Áradt belőle a hála és a szeretet ezért, hosszasan ölelgettük még egymást.

– Én vagyok neked az első, ugye?

– Igen.

– Milyen érzés neked?

– Fura. Fura, de jó. Te viszont cseppet sem vagy suta!

– Pedig hidd el, rajtad kívül nekem is csak egy lány volt! Nem tartott túl sokáig, mert csak vigasztalódásra kellettem neki, másba volt szerelmes, aki elhagyta őt. Nem akartam már tovább a játékszere lenni, viszont sokat tanultam tőle, sok tekintetben. Emberileg is. És önismeretet is. Ó, te! Nem is reméltem, hogy ma ilyen élményben lesz részem, pedig milliószor elképzeltem már ezt veled. Nem akartalak elveszíteni, nem mertem volna semmit sem kezdeményezni.

– Rengeteget fantáziáltam erről. Most már tudom, milyen a valóságban. Még álmodtam is veled erről.

– Komolyan?

– Tényleg. Totál megbabonáztál. Beférkőztél a gondolataim közé, és csak hatalmasabbnál hatalmasabbra hízott bennem valami, ami most ki is bújt a zsákból.

– De jó, hogy ezt elmondod! Köszönöm.

– Tudom, hogy most utálni fogsz, de sátrat kell bontanom.

– Maradj még egy picit! Nagyon szeretném.

– Ne haragudj, de tényleg mennem kellene. Már így is baromi rég elvagyok.

– Jó, jó! Oké, tudom.

Aztán míg öltözködtem, többször megölelt, megcsókolt, megsimogatott. Szép szavakat súgott a fülembe, és szinte ömlött belőle a szeretet és a hála. Tényleg szeret. Ezt most nagyon érzem. (Csak tudnám, hogyan és mikor esett így belém?) Nehezen eresztett, de otthagytam. Aztán a mámortól részegen kullogtam haza az én igazi valómba. Mintha kiléptem volna egy filmből…

6. RÉSZ

Hazaérve minden a normális kerékvágásban telt: ellenőriztem a leckéket, adtam vacsit, indítottam az esti fürdést.

Péntek este volt épp, nem hajtottam olyan korán a gyerekeket sem, mint máskor, aludni. Mikor a kicsik elaludtak, megkérdeztem Andristól, iszunk-e valamit. És azt hiszem, kissé be is rúgtunk mindketten – nem olyan csacsira, de azért volt bennünk fűtőérték. A mosogatónál állt, és én megmarkolásztam a péniszét. Nagyon is ínyére volt a dolog, hívtam is be a hálóba. Hallottuk, hogy a nagylányunk, Liza még matat a szobájában, de nem érdekelt. Magunkra zártuk a hálót, és én orálisan kezdtem kényeztetni őt. Ettől totál begerjedt, és még jobban belelendültem ebbe a dologba. Egészen hevesen csináltam, nem olyan finomkodva, mint ahogyan egyébként szoktam.

– Hé! Hé, ácsi... ne! Ne vigyél el! Ez túl jó, el fogok menni! Hallod? Meg akarlak dugni is, hagyd abba!

Letepertem vadul az ágyra, megharapdáltam a felsőtestét, a nyakát, a fülét, és beleültem a péniszébe. Lovagolni kezdtem rajta – ezt is sokkal, de sokkal intenzívebben tettem, mint bármikor máskor. Nagyon hevesen mozogtam, és jó mélyre nyomtam őt magamba. Nem igazán szoktunk vadul szeretkezni, de ez most nagyon az volt. Mintha vissza akartam volna neki adni valamit, amitől megfosztottam, mintha afféle kompenzációs szex lett volna ez a részemről, és mintha kicsit bántani is akartam volna magam vele.

– Anya, mi van veled?– kérdezte szikrázó szemekkel.

– Csak kúrjál szét!

– Mi van?

– Gyerünk, csináld! Most hátulról szeretném, basszál meg keményen!

– Úristen! Oké – mondta vihogva.

Akkor csináltuk mindig hátulról, amikor várandós voltam, és már jó nagy volt a pocakom. Így volt a legkényelmesebb a szeretkezés, Andris pedig nagyon óvatos volt mindig. Na, itt most nem volt semmi óvatoskodás.

– Erősebben! Még erősebben! Igen!

A csípőmet a kezében tartva, a kezeivel mozgatva azt, hozzásegítve ezzel a még mélyebb és erőteljesebb behatolást, totál belém nyomta a kőkemény péniszét.

– Csináld, csináld! Picit gyorsabban!

– Azonnal végem lesz!

– Tarts ki, akarom, hogy totál szétkeféld a pinám!

És állatok módjára dugtunk, akár egy pornófilmben, ahol semmi sem szól az érzelmekről, csakis a színtiszta aktusról. Nem bírta túl sokáig, de odatette magát rendesen, és miközben belém élvezett, hangos, állatias hangok törtek ki belőle.

– Huh! Bocsi, de nem bírtam visszatartani. Szerinted meghallotta Liza?

– Szerintem már elég nagy ahhoz, hogy ha igen, akkor tudja kezelni. Most már úgyis mindegy, nem?

Évek óta csendben szeretkezünk: nem szerettük volna, ha a gyerekek ebből valaha is meghallanának bármit, vagy meglátnának akármit. Erre kínosan szoktunk ügyelni. Épp ezért egy időben nagyon meg is fogyatkoztak a szeretkezéseink, mert mindig volt egy-két két lábon járó fogamzásgátlónk...

Egymás mellé feküdtünk, és a hasam simogatása közben megkérdezte:

– Mi a fene volt ez? Mi van veled?

– Nem tetszett?

– De, nagyon is, csak nem is tudom, olyan volt, mintha kifordultál volna kicsit magadból.

– Ehhez volt kedvem. Szerettem volna most kicsit bedurvulni. Ne csináljuk többé?

– Na, ezt nem mondtam, csak fura volt, ahogy azt mondtad, kúrjalak szét meg basszalak meg. Nem mondom, hogy nem indított be, csak... hát, nem is tudom. Egyetlenegyszer volt ilyen mocskos a szád. Emlékszel rá?

– Arra gondolsz, amikor Bécsből jöttél haza?

– Igen. Pontosan! Akkor az egyszer mondtál ilyesmit. Ott vártál az állomáson, aztán az autóban hazafelé odasúgtad a fülembe: „Aztán most basszál meg rendesen, mert már lekaparom érted a falat!"

– Uh, erre így emlékszel?

– Hát hogy a francba ne? Ez beégett ám.

És elkezdte simogatni a puncimat, az ujjaival kényeztetett, majd szerette volna, ha ő is kinyalhat, de ezt már nem engedtem meg neki. Azt mondtam, ennyi most elég volt nekem, most már aludjunk. Aztán egymást ölelve álomba szenderültünk. Nem tudtam én sem igazán megmagyarázni magamnak, hogy miért volt erre a durvaságra szükségem; talán így akartam elkülöníteni a két élményt egymástól, fogalmam sincs, vagy csak adni akartam neki valami mást én is, kvázi kompenzálni, hogy én máshonnan is falatoztam már, egészen másfélét. Alig pár órával azelőtt még egy nő érzéki kényeztetéseit habzsoltam, most meg keményen megcsináltatom magam. Nehéz ezt józanul megítélni, miért történt így, de kellett, és kész. Fel is dobta rendesen a nemi életünket ez az új íz. Ezután többet és intenzívebben csináltuk Andrissal. Kicsit olyan volt, mintha ismét fiatalok lennénk, és másra sem lenne gondunk, mint élvezni egymást. Úgy éreztem, kimondottan jó hatással lett az Andrissal való együttléteimre az, hogy közben én más táljából is merítkezem.

Barbival titkos viszonyba kezdtem. Mondtam neki, hogy különítsük el a masszázst és a szeretkezéseinket, mert nekem mindkettőre szükségem volna, de ez azért nem ment mindig olyan könnyen. Őszinte voltam hozzá: megbeszéltem vele, hogy én nem lehetek teljesen az övé sohasem, csakis így. Elfogadta ezt, nem volt hiszti, nem volt féltékenykedés sem. Azt is elmondtam neki, hogy nem fogok eltávolodni a férjemtől, mert nagyon szeretem és továbbra is kívánom őt is, szükségem van arra is, hogy valaki jól megdugjon. Amikor erről beszéltünk, elővett egy kétoldalú műpéniszt. Azt mondta, ezt az a csaj hagyta nála, akivel viszonya volt, de azóta sem jött érte. És felkínálta Barbi a lehetőséget, hogy akár ki is próbálhatnánk együtt, őt még csak megdugták eddig vele, de a másik oldalán még nem volt (ugyanis nem teljesen egyforma a két vége, az egyik fölfelé áll, a másik egyenesen, ez kimondottan nőknek való segédeszköz), ezt akár megpróbálhatnánk, ha én is szeretném. Aztán azt mondtam, jó, legközelebb legyen egy próba vele, de fertőtlenítse le előtte.

Beleástam magam a biszexualitás témájába, olvasgattam, keresgéltem a témában. Néztem leszbikus szexet, álprofillal beléptem bizonyos csoportokba a Face-en, és igyekeztem megérteni ennek a dolognak a természetét. Szerettem volna valami logikus és racionális választ kapni arra, ami épp velem történik, de csak még jobban összezavart a sok katyvasz. Nincsen semmi olyan valódi, segítő csoport, ahol az ember anonim őszintén beszélgethetne az őt kínzó kétségekről. Minden csoport valódi profilt akar, ha belemész jobban, támadnak rögtön. Nem tudom, hol van a mai érintett magyar társadalom értelmiségi része? Talán pszichológushoz kellene fordulnom inkább, de az már sehogy sem férne bele az időmbe, így is csak lopom mindig az időt Barbinak is, aki végtelenül hálás értem. Rendkívüli gyengédséggel fejezi ki mindig felém a szeretetét, és nem nyaggat olyanokkal, hogy „Na, lefeküdtél vele is? Mikor voltatok együtt?” Erről nem is beszélünk. Egy picit mintha kettős életem lenne, és úgy érzem, már én is őszintén megszerettem Barbit. Ez már nem csak szex nekem sem, annál jóval több, de tudja, hogy sohasem lesz az első helyen az életemben. Ahogy már Andris sem. Csakis a gyerekek. Állítólag jó anyjuk vagyok, bár én sohasem érzem így – örökös kétségek közt vagyok. Mind a négy más kottát játszik, mindig van valami új dolog vagy kihívás, ami elé képesek állítani, amivel újra meg újra meg kell birkóznom. Liza is jó tanuló, és az ikrek is ügyesen vették az akadályokat az első évben. Most másodikosok épp. Nehéz velük, mert egyik pillanatban imádják egymást, a másikban meg már meg tudnák fojtani a másikat akár egy kanál vízben is. A csepp kislányunk, Léna, még ovis. Ő a legnehezebb eset. Vele vívunk a legtöbbet, ő a legzsiványabb mind közül. Gyönyörűek mind. Őket nem áldoznám be semmiért. Vagyis tudom, hogy épp a tűzzel játszom, de próbálom úgy kialakítani az életem, hogy őket ne érje semmi kár. Remélem, hogy soha nem fogják megtudni, mekkora libidója lett az anyjuknak a negyvenes éveire, és nem csak az apjuk farkát falta nagykanállal, de még egy nő érzékiségét is magáénak kívánta. De még mennyire! Fel bírtuk egymást falni, hihetetlen magasságokba tudott repíteni a szeretkezéseink során. Minden rezdülésemet ismerte, annyira figyelt rám, és én is egyre ügyesebben és magabiztosabban használtam a testem az ő örömszerzésére. Megélte velem ő is az orgazmus legmagasabb csúcsait és ez felemelő érzés volt számomra, elégedettséggel és örömmel töltött el. Megtanultuk használni azt a péniszt is, és ezzel egy újabb szintet léptünk. Egy filmben látott Barbi egy jelenetet, amiben CAT pózban szerelmeskedtek, és ki akarta velem ezt is próbálni, ami egész jól sikerült. Annyira éreztük egymás szükségeit mindig, mintha egymásnak lettünk volna teremtve szexuálisan. Úgy feltöltött minden vele töltött pillanat, mintha csak töltőre tettem volna magam az ő ágyikójában, az ő karjaiban. De az élet nem csak szex, játék és mese! A felelősség, amivel másokért tartozunk, kordonok közé szorít bennünket, és a világmindenség szabályait sem rúghatjuk föl csak úgy kedvünkre. Az élet néha szar és kegyetlen és lapos és szürke, de mi loptunk magunknak egy kifestőt, és némi tintát is hozzá! Ha a pokol sötét bugyraiban fogunk megperzselődni, hát majd együtt egybeolvadunk…

7. RÉSZ

A bűntudat, ami a kezdet kezdetén szétszaggatta a lelkem, már oly távol járt tőlem. Teljesen kialakult a kettős életem, és fönntartottam a tisztes családanya látszatát. Nem engedtem, hogy elbillenjek bármelyik oldal felé. Mindent akartam. Egyszerre. Szemtelenül könnyen léptem át egyik ágyból a másikba. Akartam ezt a titkot magamnak. Biztosan a pokol tüzén fogok égni egyszer ezért, de nekem is csak egyetlen életem van. Ha csak rövidke ideig lehet a miénk a mindenség, akkor is megérte az életünk. Annyi áldozatot hoztam már a családunkért, a férjem előrehaladásáért: feláldoztam a testem szépségét a gyermekeinkért, a melleimet az egészséges szoptatásért, rengeteg éjszakát a gyerekekért, sok-sok szórakozást a kötelességért, és nem, nem bántam meg ezeket, de most adok magamnak valamit, ami bármennyire is mocskos dolog, bármekkora patkánynak vagy féregnek tűnök is ezzel, nekem akkor is kell! Hány meg hány boldogtalan kapcsolat van, amiben a felek – főleg a női felek – még csak meg sem tudják igazán élni a szexualitásukat. Mennyi nő van ezen a Földön, akik bár házasságban élnek hosszú évek óta, de még csak hírből sem ismerik az orgazmust. De ez hagyján, mert anélkül még lehetne szerelmes az ember, de igaz szerelmet sem találnak, ami az ember lelkében születik meg. Nem tudják meg soha, milyen felemelő érzés szeretve lenni az által, aki a szívünk mindensége. Mert hát ennek kellene az alapnak lenni, még sincs így. Leélnek egy életet lelki sivárságban, kompenzálják magukat szerelmesfilmeken sírva, romantikus regényeket olvasva. De a testiségeknél maradva: szörnyű, hogy inkább megjátsszák sokan, hogy nekik is jó volt, közben meg magukban keresik a hibát, hogy valamiért nekik ez nem megy, és ettől még inkább ragaszkodnak ahhoz, aki együtt hajlandó velük lenni, bármennyire vacak és silány is az az együttlét köztük. A pasiknak könnyebb. Ott tagadhatatlan a dolog: ha nem kíván, nem áll föl neki; ha nem jó érzés benned lennie, lelohad közben; ha elmegy, azt meg látod is, érzed is, kézzel fogható a dolog. Mi, nők, ennél ezerszer bonyolultabbak vagyunk. Hálás vagyok az életemért, hogy megkaphattam ezeket a testi örömöket és szeretve is vagyok. És igen, ma már hálás vagyok azért is, hogy táncba vitt az ördög.

Szeretem Barbit, nagyon közel kerültem hozzá. Egészen másfajta ez a szerelem, amit iránta érzek, de nagyon is őszinte. Sokkal nyugodtabb, mint a férfiakkal volt az életemben. Az Andrissal való szerelmemhez soha nem fog felérni a hőfoka, de valódi szerelem ez is. Nem csak kizsákmányolom a testét. Igaz, így kezdődött: pusztán testiség és kíváncsiság volt részemről, de ma már akkor is szeretném őt, ha soha többé nem feküdne le velem. Akkor is vigyáznék rá és félteném. Szerintem ő is érzi ezt: igyekszem neki kimutatni, nem csak az ágyban. Andris úgy tudja, barátnők lettünk, ezért töltünk egymással annyi időt. Úgy hiszi, eljárunk sétálni, beszélgetni, iszogatni, bicajozni, kirándulni stb., mint Anna barátnőmmel is szoktam. Pedig szinte soha nem járunk el sehová, minden ilyen lehetőségemet nála töltöm, és a négy fal közt éljük meg egymást. Az ő lakása a mi kis titkos kuckónk. Főztünk már együtt, borotválkoztunk egyszerre, festettünk hajat, fürödtünk egymással, boroztunk együtt a kádban, filmeztünk is csak úgy olyan hosszan, odabújósan… Már rég nem pusztán csak testiség ez. Mindig viszek át neki sütit kóstolóba, ha csinálok; adok neki a tortánkból, ha ünnepünk van, de szoktam neki átvinni kaját is, amikor nagyobb adagot főzök, és tudom, hogy következő este kilenc után fog hazaesni, hogy az majd ott várja őt. Még kulcsot is kaptam hozzá. Így sokszor van, hogy fölszaladok egy kis meglepivel a gyerekekért iskolába menet, így kifejezhetem neki a szeretetemet akkor is, amikor nincsen egymásra időnk. Mivel nagyon közel lakik, volt már, hogy a szemetet kidobva átfutottam hozzá, lopni egy szenvedélyes, szerelmes csókot, a karjaiban érezni magam néhány pillanatig, és már futottam is vissza. Ma, ebben a totálisan digitális világban nem olyan nehéz bármikor jelen lenni a másik életében az éteren keresztül. Igazi, minőségi időt csak ritkán tudok rászánni ekkora család mellett, de mindennap gondolunk egymásra. Rengeteget rohanok, a gyerekeket többnyire én viszem-hozom mindenhová. Andris rengeteget dolgozik, így a gyerekek körüli dolgok oroszlánrésze rám hárul. Szinte teljesen. Ezt kompenzálva mindig engedett Andris barátnőzni, kicsit kiszabadulni a fészekből. Ezt nem úgy kell elképzelni, hogy minden héten van valami „ereszd el a hajamat", de 3-4 hetente jut valami én-idő számomra. Azt hallotta egyszer, hogy „Happy Mom, happy Life!", ezt szokta gyakran mondogatni, és hogy „menjél csak, Anya, ennyi neked is kijár". Korábban csak Annával járkáltam el, most úgy gondolja, Barbival is. Néha még küld is hozzá, mikor nagyon feszültnek lát…

Nem az a nő vagyok, aki elmászkál fodrászhoz, körmöshöz és ilyenek. Nem igazán töltök időt ilyen helyeken. Fodrászhoz is csak évente 1-2 alkalommal megyek mindössze, a többi ilyen nőcis dolgot meg mind magamnak csinálom. Hamarabb költöm el azt a pénzt a gyerekekre, mint magamra. Azért nem vagyok igénytelen, de nem vagyok az a nőci sem, aki még a boltba is magas sarkúban megy le. Én is szeretek szép és csinos lenni, de ezeket meghagyom bizonyos eseményekre. Mondjuk Andrisnak őserdővel a lábaim közt és szőrtelenítetlen lábakkal is ugyanolyan kívánatos vagyok, neki igazából mindegy: ha szeretkezni akar velem, akkor fog is, ez őt nem riasztja vissza. Persze nagyon izgató tud számára is lenni, amikor úgymond kicsinosítom magam. Nekem sincsenek őfelé ilyen elvárásaim, kivéve a borotválkozást az arcán. Ha borostás, nem csókolózunk, és kész, ezt nagyon is jól tudja. Ettől még megcsinálhat persze, ha épp úgy adódik, de csók, az nem lesz. Legalább is az arcomon, máskülönben úgy néznék ki, mint aki kutyát szopott. Volt már erre példa, bizony! Barbival azért ez egészen más, hozzá soha nem mennék el gondozatlanul.

Egyik este lehetőségem adódott elmenni, kimozdulni, de én Andrissal szerettem volna inkább beszélgetni és megkóstolgattam a lelkét.

– Mit szólnál, ha egyszer azzal állnék elő, hogy Annával egymásba szerettünk és szerelmeskedni is szoktunk?

– Mi van?

– Ez nincs így, de ha így lenne, hogy éreznéd magad?

– Menj már a picsába a hülyeségeddel!

– De komolyan kérdezem. Ismerek valakit, akik pont egy ilyen helyzetben vannak benne, és a női oldalát a dolognak ismerem, de a férfi oldalára meg kíváncsi volnék!

– Kicsoda?

– Nem mondom meg, mert ismered. Meg fogom őrizni a titkukat, nem fogod belőlem kiszedni, hogy kikről van szó, de látszólag tökéletes házasság, gyerekek, jó munka, szóval nagyjából minden rendben, sőt szeretik is egymást, a nőci szerint nagyon szereti a férjét is, de kapcsolata van mellette egy másik nővel is.

– Anyám, borogass! Pontosan tudod, mit gondolok az ilyesféle buzulásokról!

– De ne már, Andris! Tök komolyan kérdezem. Képzeld el, hogy ez velem történik meg, és én épp bevallom neked. Mit éreznél?

– Na, menj a francba ezzel! Komolyan hagyjál, inkább mondd meg, ki ez a picsa!

– Baszd meg akkor! Régen lehetett veled komolyan elmélkedni, beszélgetni mindenféléről, most meg olyan paraszt vagy!

– Hát... nem is tudom. Szerintem összetörnék. Ja! Azt hiszem, megrázna a dolog és kurva szarul esne, hogy nem vagyok neked elég.

– És meg tudnál bocsájtani ezért?

– Pfu... passz. Nem hiszem. Ezzel szerintem mindent kis is dobnál szépen a kukába, ami köztünk volt.

– Miért gondolod, hogy kidobnék vele mindent?

– Hát nem is tudom. De ez undorító, és piszkosul megalázó is.

– És azt el tudnád esetleg képzelni, hogy hármasban?

– Na, ne mondd, hogy ők így nyomják!?

– Nem, de fölmerült gondolati szinten ez is a csajsziban.

– Honnan tudsz te erről?

– Onnan, hogy elmondta.

– Nem akarnék hármast. Megöli teljesen az intimitást.

– Na, ezt én is így látom! Ebben totál egyetértünk. És el tudnád fogadni a helyzetet, hogy téged is szeretlek, veled is szeretkezem, közben őt is szeretem és vele is szeretkezem máshol, kicsit másképp?

– Na ne! Te annál sokkal jobban szereted a faszt, már bocsánat! Nem tudlak belelátni egy ilyen puncinyalásos szituba, bocs.

– Jó, akkor ne képzeld el, csak feltételezd, hogy ez megtörténik, és én színt vallok.

– Á… huh. Féltékeny volnék kurvára, és megint csak azt tudom mondani, hogy baszott szarul esne, hogy én nem vagyok neked elég.

– És mi fájna jobban? Ha egy pasival kefélnék félre, vagy ha egy nővel?

– Na, menj most már a… tudod, hová! Hagyjuk már ezt! A puncinyalást meg hagyd meg nekem! – és már nyúlt is be a lábaim közé.

– Most nincsen hozzá kedvem. Beszélgetni szeretnék inkább.

– Jó, beszélgessünk, de ne erről a baromságról. Nem normálisak! Ez a véleményem.

És sokáig beszélgettünk még mindenféléről, ami az elkövetkező hétre feladat és teendő, a gyerekek jegyeiről, feladatairól, és hogy ne felejtsünk el verset is tanulni…

Miután Andris elaludt, ezen a párbeszéden kattogtam, és tudtam, hogy jól tettem, amikor nem vallottam be neki ezt az oldalam, pedig a legelején többször megfordult a fejemben, hogy felvállalom előtte is, és megpróbálom valahogyan megértetni és elfogadtatni vele. De nem volt elég vér a pucámban: ennél gyávább és gyarlóbb voltam, s talán az is maradok mindörökre, nem tudom…

Ismét szarul éreztem magam. Előjöttek a belső marcangolások is, és még az is megfordult a fejemben, hogy befejezem Barbival egyszer s mindenkorra, és megtartom magamnak mindezt egy titkos, szép emlékként. Nem is akartam vele találkozni. Igyekeztem tudatosan eltávolodni kicsit. Ezt fel is rótta, hogy milyen régen nem láttuk egymást, és hogy nem hiányzik-e nekem, mert ő már nagyon hiányol. Kimentegettem magam mindig ebből, de nem teremtettem alkalmat arra, hogy láthassam. És Andrissal sem szeretkeztem. Nem vagyok egy fejfájós fajta asszony, de most mindenféle kínokra hivatkozva elhárítgattam a közeledéseit. Kellett ez a böjt a lelkivilágomnak, ami pocsékul kifordult magából. Nem éreztem jól magam a bőrömben, kerestem a helyem az életben, az utamon. Elszerencsétlenedett valami, megroppant bennem valami. Eluralkodott rajtam megint az undor saját magam iránt. Önző voltam piszkosul. Két vasat tartani a tűzben egyszerre, és azt gondolni, ezzel így senkit sem bántok, csak magamnak adom meg azt, ami jár, és kész. Egy igazi kis rohadékká váltam, akit évekkel ezelőtt simán leköptem volna.

Nem találkoztam Barbival, és Andristól is eltávolodtam. Nem voltam képes lefeküdni velük, egyáltalán nem kívántam a szexet sehogyan sem, senkivel sem. Az anyai feladataimba temetkeztem, és folyton fáradtnak éreztem magam. Hetek teltek el így. Még veszekedtünk is Andrissal, volt ordibálás, csapkodás, szikrázott a levegő, a kölykök csak lestek. Pattanásig feszültek az idegeim, mindenért egymásba akadtunk.

– Pont úgy viselkedsz, mint egy baszatlan pina!

– Kuss! Baszatlan is marad!

Nehezek és vacakok voltak ezek a napok, Anna barátnőmre volt szükségem a leginkább. Találkoztam is vele, kirándulni mentünk együtt a közeli hegyekbe, ahogy szoktunk. Ez akkor nagyon kellett! Jó volt kiszakadni a családból és az egész bűzlő szarból, ami körbevett. Kis híján színt vallottam Annának. Majdnem elmondtam neki mindent. Annyira jó lett volna kiadni magamból, megbeszélni valakivel ezt az egészet, de végül maradt a magányos csönd.

Hazaérve csatlakozott a telóm a wifihez és bejött egy csomó értesítés és üzenet. Köztük egy Barbitól is:

– Barbikám, beszélnünk kellene valami nagyon fontos dologról, kérlek, oldd meg, hogy holnap elmenjünk picit együtt bicajozni. Nem messzire, csak itt a közelben, mondjuk, kitekerhetnénk a tóhoz és megbeszéljük. Fontos volna nagyon!

Nem szokott ilyet kérni tőlem soha, biztos, hogy valami komoly dolog van a háttérben.

– Szia! Okés, holnap ebéd után tudok legelőbb elszabadulni. Én is szeretnék veled beszélni.

– Akkor majd üzenj, ha már indulsz.

– Oké. Írok majd.

Asszonysorsomból eredő vasárnap délelőtti teendőimet mind sorra letudva, a család elé húslevest és rántott húst helyezve, olajszagú hajjal, kissé izzadtan és konyhaszagúan indultam neki a tekerésnek Barbihoz. Nem érdekelt, ha büdösnek érez, nem érdekelt a rusnyaságom, semmi. Csak arra tudtam gondolni, hogy most tényleg befejezem vele, és akármilyen nehéz lesz őt elengednem, bármennyire is bele fog szakadni a szívem, nem csinálom tovább.

Azt hittem, hogy majd nekem esik, megölel, megcsókol az első adandó alkalommal, de nagyon letörtnek tűnt, szomorúság volt a szemében, és végtelen fáradtnak láttam. Szótlan volt az úton is. A tó nincsen messze, nagyjából tíz perc tekerés csupán, szóval hamar kiértünk. Van ott egy régi pad is, oda ültünk. A combomra tette a kezét és azt kérte, hallgassam meg. Nagy levegőt vett, sóhajtott, majd belekezdett:

– Beteg vagyok. Rák. Már egy ideje tudom, hogy van gond, próbáltam is megtenni mindent a gyógyulásért, de sajnos rosszindulatú, most csütörtökön tudtam meg, hogy rosszindulatú. Sugárterápiára kell majd járnom és erős gyógyszereket fogok szedni, valószínűleg a hajam is ki fog majd hullani, és hát tudod, hogy van ez...

Megfogtam a kezét és legszívesebben megöleltem volna, de ő elhúzódott, és a kezemből is kivette az övét. Rideg volt nagyon.

– Most találkozom veled utoljára. Nem akarom, hogy úgy emlékezz rám, amivé majd válni fogok. Tudom, hogy ez az egész csak időhúzás, és nem fog már sokáig tartani. Az anyukám is pont így ment el, én ápoltam őt, és ez egy igazi borzalom.

Csak lestem ki a fejemből könnyes szemekkel, a lábaim vaskos gyökereket eresztettek a föld mélyébe, a kezeimre lánc verődött, a fejemen tonnányi súly ült, a szívemre bilincs kattant. Megállt, majd el is szakadt az a pillanat ott. A szívemmel együtt szakadt szét. Hosszasan meredtem magam elé szótlan, aztán megöleltem és sírásban törtem ki. Nem akartam a karjaimból ereszteni, csak szorítottam magamhoz. Lógó karokkal tűrte a szorításomat, aztán egyszer csak visszaölelt ő is, szorosan, teljes testünkből értünk össze, és mindketten csak sírtunk, zokogtunk. Nem tudom, meddig, de soká.

– Szeretnék melletted állni a bajban! Legalább, mint barát, hagyd, hogy segítsek! Elmennék veled a kezelésekre is.

– Drága Barbie babám, ezt már eldöntöttem. Nem akarom, hogy része legyél ennek. –Megsimogatta az arcom és folytatta: – Nagyon sokat jelentesz nekem. Köszönök neked minden pillanatot, amit kaptam. Örökké hálás leszek érted, neked. Örökké! De itt most vége. Ne keress többé! Tartsd tiszteletben ezt, ennyit kérek. Ezzel tartozol nekem!

És otthagyott. Felült a biciklire és eltekert. Én pedig csak álltam a tónál a vízbe bámulva, keresve benne elbaszott életem szétszakadásának apró darabjait. Kisírt szemekkel, összetörve mentem haza. Andris megijedt, zokogtam a vállán, elmondtam, hogy Barbi nagyon beteg, és nem kér a segítségemből. Andris nyugtatgatott, de fogalma sem volt, mi minden zajlik és árad szét bennem. A fájdalom mardosott: akkor döbbentem csak rá, mit is jelent nekem igazán az a kedves és csodálatos lány, akit még én is kidobni készültem. Milyen jó, hogy előbb ő beszélt! Még én is belerúgtam volna a legnehezebb pillanataiban. Hogy én mekkora egy rohadék vagyok! Egy igazi szar alak, aki már megint csakis önmagával volt elfoglalva. A szégyen fokozható, bizony ám, most mart csak belém igazán. Ó, Istenem, ha visszaforgathatnám az idő kerekét! Annyi mindent másképp tennék! Annyi időt megmentenék még magunknak...

Szemét ez az élet – vagy épp lehet, hogy nagyon is igazságos. Hiszen megérdemlem, hogy fájjon, ami csak fájhat. Fájt is! Nem telt el nap nélküle, hogy ne gondoltam volna rá. Ott csücsült egy száraz ágon bent a lelkemben, és én nem értem el őt. Csak félve vártam, hogy mikor törik el az az ág, mikor zuhan onnan a semmibe. A fülembe szúrtak az utolsó szavai: „Ennyivel tartozol!” A büdös francba, ennyire még életemben nem voltam tehetetlen! „Ennyivel tartozol!” Hát persze, de én inkább másképp törlesztenék. Szeretnék mellette lenni, de hogy? Nem bírtam ki: egyik este átmentem hozzá, kopogtattam az ajtón.

Kinyitotta azt, és mikor meglátott, azzal a lendülettel be is zárta, majd bekulcsolta. Így még senki nem vágott pofán. Ez rettenetesen fájt, mert tudtam, tök egyedül akar harcolni ebben a mocskos csatában az élettel. Senki segítségét nem fogja elfogadni. Ez olyan biztos, mint maga a halál.

Reméltem, hogy majd talán később megenyhül és magához enged, hogy hajlandó lesz elfogadni a támogatásomat, most még neki is nagyon új ez a helyzet, még előbb neki is meg kell ezt emésztenie. Úgy döntöttem, időt adok neki, és egyelőre hagyom. Talán ez a legtöbb és legjobb, amit tehetek érte. Otthon később ráírtam:

– Szeretlek, Kincsem! Mindig szeretni foglak, bármi is történjék. Bármiben számíthatsz rám, szeretném, ha meggondolnád magad. Várni fogom, hogy írj! Mindennap a te üzenetedre fogok várni! Ölellek.

De nem kaptam választ. Az első pár órában az ember ötpercenként ránéz, hátha, aztán még mindig figyelgeti, hátha, de nem. Nem jön meg a válasz, és tudjuk, érezzük, hogy már nem is fog, de még mindig csak nézegetjük, hogy esetleg mégis.

Léna megérezte a fájdalmam, és kis finom karjait fonta a nyakamba szeretetnyaklánckét.

– Látom, hogy sírós a szemed, anya! – mondta, aztán elkezdte a hajamat birizgálni és arra kért, hogy ne szomorkodjak. A kis illatos bőre nyugalmat adott; arra gondoltam, milyen szerencsés is vagyok ezzel a családdal, milyen hatalmas kincs mindnyájunk egészsége. Ezt az ember nem is érzi, míg valakin keresztül nagyon közel nem kerül egy ilyen borzalomhoz.

Barbikámnak kutya kemény gyerekkora volt. Az apja alkoholista volt, fizikailag nem, de lelkileg egyfolytában bántalmazta őket, az anyukáját főként. Egyszer azt mesélte, hogy bármennyire is durván hangzik, de egész életében az apja halálát várta, és amikor ez végre megtörtént, csak azután kezdődött el az élete. Ezért ment nagyon hamar férjhez, mert el akart menekülni otthonról. Ő a legidősebb gyerek, nagyon sok dolog hárult rá, túlságosan is sok, hiszen hét testvére van. Ahogy ő fogalmazott: „Olyanok voltunk, mint egy roma család!"

Nem volt szerencséje az emberi kapcsolatokban sem: azt mondta, nála karmikus, hogy őt kihasználják az emberek. De a fiának mindig igyekezett szerető anyukája lenni és megadni neki mindent, hogy boldogabb felnőtt lehessen. És a bitang nehéz gyermekkor után mégis egy csodálatos édesanya, egy igazán szerethető, csupaszív és türelmes nő, egy rendkívül makacs harcos lett belőle, aki a jég hátán is talpon marad. A kettősség nagyon jelen volt az életében: egyszerre volt nagyon erős és nagyon gyengéd is.

Úgy éreztem, mindez miattam van. Az a gondolat uralkodott el bennem, hogy ez az égi büntetésem azért, amit tettem. Így ver engem meg az isten. Azért kapom ezt a fájdalmat, mert rászolgáltam: csak kéjelegtem, most majd vezekelnem kell. És még mindig csak a telefonomat szorongattam, hátha…

Eltelt két hét, talán még több is, de még mindig semmi. Pedig minden reggel küldtem neki ébredés után egy szívecskét, de nem tört meg. Mindennap bementem a boltba, hátha majd ott látom (legalább csak látnám), de ott sem volt sohasem. Aztán még a kollégáját is megkérdeztem, bent van-e, de azt mondta, táppénzen van.

Aggódtam érte nagyon, a tehetetlenségem megfojtott. Már azon agyaltam, fogom magam és bemegyek hozzá erőszakkal, ha kell. De nem mertem meglépni ezt. Bárcsak megtettem volna! Most már ezt mondom. Barbi egyik húga, Brigi – ő állt hozzá a legközelebb és ő is a közelben lakott – egy héttel később rám írt.

– Találkoznunk kellene minél előbb!

– Baj van?

– Igen ☹

– Megyek rögtön, hová menjek? Hol találkozzunk?

– Most nem tudok elszakadni itthonról, de gyere el a hozzánk. A címünk:…

Én pedig fölálltam a gép mellől, otthagytam a munkahelyemen csapot-papot, lerohantam a parkolóba, bevágtam magam a kocsiba, és már mentem is. Majd' kiugrott a szívem a helyéről! Biztosan kórházban van, biztosan rosszul lett, mi a franc lehet? Odaértem, becsengettem, és Brigi vérvörös szemekkel, könnyesre sírt arccal nyitott ajtót.

– Mi történt?

Beléptem gyorsan, bezártam magam mögött az ajtót, hogy ne hallják a szomszédok, mit beszélünk, de Brigi őrült zokogásban tört ki, még a kisbabája is felriadt rá az alvásból. Odasietett a kicsihez, fölvette, és csak zokogott.

– Barbi meghalt.

– Micsoda?

Egy aszteroida csapott belém. Szinte az ájulás kerülgetett, összeroskadtam a padlóján az ajtónak támaszkodva, és csak zokogtunk mindketten, a baba pedig még annál is kevésbé tudott megnyugodni.

– Elmondta, hogy baj van, de ez hihetetlen, hogy vihette el ennyire gyorsan? Én… én… azt…

– Végzett magával.

– Mi? Úristen!

És csak sírtunk és sírtunk.

– Kaptam tőle egy időpontra időzített e-mailt, hogy amikor ezt olvasom, ő már nem lesz. Azonnal rohantunk át, de már nem volt mit tenni. Nem akart a terhünkre lenni! Nem bízott semmit a véletlenre. Pár nappal előtte eljött hozzám és elmondta, mi van köztetek. Mindenről tudok. Azt mondta, te vagy élete legnagyobb szerelme, és annyi szeretetet és törődést kapott tőled, mint még senkitől. Elmondta, hogy mindez titok, és én is őrizzem ezt meg.

A kisbaba megnyugodott a cumikájával, Brigi visszatette a kiságyba, és előhúzott egy borítékot az éjjeliszekrényből.

– Az e-mailben, amit kaptam, leírta, hogy találni fogok a konyhaszekrényben egy levelet, ami a tiéd, és hogy gondoskodjam róla, hogy személyesen a kezeidbe adjam. Nagyon fontos számára, hogy ez eljusson hozzád. Itt van, tessék. Ez az.

Egymást ölelve zokogtunk még hosszú-hosszú ideig, nem voltunk képesek felfogni. Eljöttem, mert nem bírtam ott lenni tovább; azt mondtam neki, hogy bármiben segítek, akár a temetés körül is, keressen, ha úgy érzi. Az autóba beülve feltéptem a levelet, melynek külsejére csak ennyi volt írva: „Ez a levél kizárólagosan… Barbara tulajdona. Senki más ne nyissa föl!"

„*Édes Barbie babám! Drága Kincsem!*
Tudom, hogy gyűlölsz most, amikor ezt olvasod; hidd el, én is gyűlölöm magam azért a fájdalomért, amit neked okozok. Talán önző vagyok, talán gyáva is, de nem akarom, hogy bárki úgy lásson, ahogy nekem kellett látni szenvedni az anyukámat, amikor már csak napjai maradtak. Ez a kurva rák szó szerint megesz, kegyetlen, amit az emberrel művel. Kívánom, hogy soha ne kelljen látnod ilyet. Azt szeretném, ha a boldog napjainkra emlékeznél csak, ha nem volnék senki terhére. És szenvedni sem akarok, akkor már inkább ez. Ennyi jutott nekem itt, ebben az életben. Akarom, hogy tudd, senkit sem szerettem olyan őszintén, ahogy téged. Annyi figyelmet kaptam tőled, hogy megrészegített. Senki más nem fordított rám annyi jóságot, mint te. Nem lehettél igazán sohasem az enyém, mégis a mindenséget jelentette ez nekem. Talán majd egy másik életben újra rád találok. Te vagy a legcsodálatosabb ember, akit valaha is megismertem. Ne gyűlölj meg ezért, őrizd meg kettőnket a legbecsesebb kincseid közt, és egy darabot én is elviszek belőled örökre! Köszönök neked minden pillanatot!
Őszinte szeretettel és szerelemmel ölellek:
Barbid”

8. RÉSZ

Elfogytak a szavak… Nincsenek szavak.

Összetörtem, atomjaimra hullott a lelkem, üvöltött bennem a fájdalom, belepusztultam az érzésbe, hogy már nincsen többé. Istenem, még csak esélyt sem adott magának, én pedig nem voltam ott mellette, nem törtem rá, és nem emeltem föl őt a karjaimba a padlóról. Az ég dörgedelmes haragja ez. A vezeklésem része. Meghalt bennem is egy rész: ahogy írta, elvitte magával. Oly keserűség hatalmasodott el bennem, amit nem lehet józanul túlélni. A temetését még benyugtatózva is végigzokogtam: hiába a leszedálás, erre a fájdalomra nincsen gyógyszer. Hatalmas sírcsokrom egyetlen „ÖRÖKKÉ" szóval felszalagozva kirítt a szerény családi koszorúk közül, mégsem volt más, csupán a sivatag egyetlen piciny homokszeme, hisz' egy virágos rét is kevés lett volna érte. Néztem Kornélt és tudtam, ez a gyermek a poklokat éli. Tenni szerettem volna érte valamit, törleszteni felé ezt a veszteséget. A megtakarításomat a bankban feltörtem, és kivettem belőle félmilliót. Hozzátettem még a pénztárcámból 22 ezret – ennyi volt benne. Nem akartam kerek összeget. Liza lányom fa, festett virágos ékszertartóját lenyúltam, és beletettem a pénzt. A kulcs még nálam van. Valahogy be kell juttatnom a lakásba. Kifigyeltem a lakást, mint egy betörő, és egy este, mikor nem szűrődött egyik ablakból sem fény, beosontam, és a folyosón lévő kis polcocskájára helyeztem a dobozt. Fullasztó tisztítószerszag áradt mindenhonnan. Nem kapcsoltam fényt, csak a telefonom fénye volt, és már surrantam is ki. Megkerestem Kornélt a social mediában, és ráírtam:

– Fogadd őszinte részvétem! Átérzem a fájdalmad, nagyon. Édesanyád egyik vendége és barátnője is voltam. Mindig hatalmas szeretettel és büszkeséggel beszélt rólad. Egyszer, amikor épp fizettem nála és eltette a pénzt abba a csodálatos kis virágos fadobozba, azt mondta: „Látod, ezt mind neki gyűjtöm, ezt mind érte teszem. Ha lediplomázik, szeretnék adni neki egy nagyobb összeget, remélem, minél nagyobbat". Te voltál a mindene, csakis érted élt és dolgozott. Őérte csináld végig az egyetemet, hogy a fellegekből büszkén tekinthessen le rád. Az élet kegyetlen, veled sírok érte.

Elolvasta, és mindössze egy ölelős matricával reagált. De ez már nekem elég volt. Csak remélni mertem, hogy a gyerek majd veszi a lapot és keresni fogja azt a dobozt. Reméltem, hogy ad majd ez neki némi átmeneti biztonságot, amíg föláll, és a saját lábára kényszerül teljesen. Reméltem, hogy az a rohadék apja legalább most mellé áll és tesz is érte valamit, de muszáj volt ezt megtennem. Bízom benne, hogy Kornél mielőbb kiadja a lakást, hogy fenn bírja tartani. Szívesen tanácsoltam volna neki ezt is, de ennyire nem lehetek sem tapintatlan, sem tolakodó. Vérzett a szívem érte is: belegondoltam, hogy még jóformán el sem kezdte az életét, de már ekkora súlyokat cipel.

Keserű és nehéz napok váltották egymást, rengeteget pityeregtem titkon, mikor senki sem látott. Felidéztem a legszebb pillanatainkat. A gyönyörű emlékekből táplálkozva tartottam magamban a lelket, s közben ezzel szét is facsartam a már egyébként is darabjaira hullott szívemet. A legutóbbi születésnapjára gondoltam. Kibéreltem a hegyekben egy kétszemélyes luxus faházat magunknak – tipikus szerelmi fészek pároknak. Mindössze három házikó az erdő mélyén, csak a csend és a természet ölelése, mégis pazar felszerelés. Ez volt az én ajándékom neki. Elmentünk túrázni, és ott aludtunk két éjszakát. Péntek délben indultunk: ő, én és a négy gyermekem. Kis kerülővel útba estek anyáék, ott kiraktam a gyerekeket és náluk hagytam őket mamázni-papázni, míg mi kirándulunk. Andris otthon maradt, ő a haverjaival tölthette a hétvégét, kapott egy kis szabad, családmentes pihit ő is. Minden előre le volt beszélve, meg volt tervezve, Barbinak csak be kellett csomagolnia és be kellett ülnie az autóba. Nagy örömöt okoztam ezzel: még sohasem voltunk így el együtt előtte, ennyire szabadon. Annával volt már egyéjszakás kiruccanásom, több is, mikor túráztunk; szeretem az ilyen programokat, egy évben legalább egyszer kell is, hogy az ember elhúzzon így a mindennapokból, távol a gyerekektől, távol az anyai és a háztartási feladatoktól, csak barátokkal. Nappal valami program, este iszogatás. Reggel sokáig alvás. Kirándultunk hát egy hatalmasat, szabadon a természetben, távol mindenkitől. Foghattuk egymás kezét, csókolhattuk egymást, felhőtlenül kacarászhattunk, és csodáltuk a meseszép kilátást. Kiültünk a kőpárkányra, alattunk a mély szakadék, körbevett az erdő. Micsoda szabadság ez! Aztán megjelent a luxus szerelmi fészekben két koszos, túrahátizsákos, izzadt nőci, kvázi jöttek csajos estét tartani és kirándulni. A személyi igazolványunkon mindkettőnknek asszonynév. Még ajánlást is kértem a holnapi kirándulásunkhoz, mondtam, hogy a kilátóhoz tervezünk fölmenni, de esetleg volna-e még valami más, érdeklődésre méltó a környéken. Mintha nem tudnám. Pontosan tudtam ezekről a helyekről, de így esett jól a lelkemnek a leplezés. A szobába érve csak ámultunk mindketten. Minden nagyon pazar volt, csillogott, gyönyörű tisztaság és harmónia mindenütt odabent. A kilátás és a terasz erdőre néző, szinte takartak bennünket a fák is, óvva voltunk minden ártástól. Miénk volt a világ, igazán a miénk. Együtt mentünk tusolni, megmostuk egymást játszadozva, kacérkodva.

Otthonról hoztam kaját, jó nagy adagot főztem, hogy Andrisnak is legyen, és csomagoltam belőle magunknak. Ez lett a vacsoránk. Jóízűen megettük, közben kinyitottuk hozzá az egyik palack bort is, amit vettem. Szabadon beszélgettünk, nem szorított bennünket sem az idő, sem semmi más. Csak ketten. Együtt. Elővettem az ajándékát, és egy hatalmas, szeretetteljes csókkal kísérve átadtam neki. Hosszúkás, vékonyka doboz. Pasztellszínű selyem csomagolás, és piros szalag rajta. Izgatottan bontotta ki. Egy aranylánc volt benne egy szintén arany, köves szív medállal, amibe egy végtelen-jel is beleékelődött. A szemeibe könny szökött. Azt mondta, ő még senkitől nem kapott ilyen drága ajándékot. Aztán mondtam neki, hogy csak a medált vettem, a láncot a nagyimtól örököltem. Tudta, mennyire fontos ember volt ez a nagyim az én életemben, amíg még élt. Ha lehet ilyet mondani, jobban szerettem, mint anyukámat. És azt a láncot tőle akkor nekiadtam. Nagyon meghatódott, és tudtam, érzi ő is, mennyire fontos számomra, mennyire szeretem őt, hogy hozzám tartozik. Érezte, hogy itt most minden érte van. Bebújtunk az ágyba, és szeretgetni kezdtük egymást. Gyönyörű és igazán szenvedélyes éjszakát töltöttünk el, egymást ölelve aludtunk és egymás puszijaira ébredhettünk. Hívtam reggel anyukámékat, a gyerekek remekül érezték magukat, Andrist is hívtam, ők meccset nézni és sörözni mentek előző este. A helyén volt minden és mindenki. Azt hiszem, ez a hétvége a mi kettőnk legszebb közös élménye, ezt kapta ő tőlem: magamat és a drága időmet adtam neki. Azon a reggelen csakis egymás csókjaira voltunk éhesek, nem kellett semmilyen reggeli. Megkérdeztem tőle, mit szeretne. Túrázzunk ma is egyet, vagy menjünk el inkább étterembe, ünnepi ebédre? Aztán azt mondta, ne menjünk messze, csak sétáljunk itt a közelben az erdőben egyet, utána elmehetünk étterembe is. Így is tettünk. Sétáltunk a semmiben, egy lélek nem járt arra, amerre mi. Kicsikét beljebb az erdőben nem tudtuk türtőztetni magunkat, és szeretkeztünk egyet a természetben is. Ez nagyon izgalmas kaland volt: az érzés, hogy esetleg megláthatnak bennünket. Szökdeltünk, mint a pillangóbalerinák, és rengeteget röhögtünk mindenféle baromságon. Egy gyors tisztálkodás és ruhaváltás után beültünk a kocsiba és elmentünk étterembe is, amolyan estebédre, ahol nagyon finom ételt sikerül választani. Igyekeztünk vissza az erdei fészkünkbe, s míg vezettem, a combomat simogatta, benyúlt a pólóm alá és cirógatott. Birizgálta a fülemet, csiklandozta a nyakamat. Szép szavakat dobált szüntelen. Éreztem, hogy igazán tetszem neki, nem csak úgy mondja ezeket. Mesés kuckónkba érkezve beindítottunk a jakuzzit. Kinyitottunk egy üveg ünnepi pezsgőt, és az ő egészségére koccintottunk. Beszálltunk meztelen a jakuzziba, az ölembe feküdt, egyik kezemben gyönyörű melleit, másikban a pezsgőspoharat tartottam, és csodáltuk a természet nyugalmát, közben élveztük a forró víz pezsgését magunkon. A melleimen éreztem a háta finom bőrét, ölembe simult a feneke, lábaink összefonódtak, fejével az enyém mellé hátradőlt. Puszilgattuk egymást gyengéden és arról beszélgettünk, mennyire szerencsések vagyunk. Annyi szeretetet adtunk egymásnak ebben a két napban, hogy egy évig ki lehetett volna belőle húzni. Hát most ebből szívom magamba őt, mert már más nincsen, és többé nem is lesz. Már csak ezekből ihatom magamba a szeretetét, miközben belefulladok a fájdalomba.

Azt mondják, az ilyen fájdalom soha nem szűnik meg, csak elhalványul az idő során, s talán jönnek majd emberek az életünkbe, akik átsegítenek bennünket egy-egy nagyobb szakadékon. Akik hidat és szigeteket képeznek, akikben ismét menedékre lelhet a lelkünk.

Csak Andris maradt, nélküle biztosan a semmibe vesztem volna. Hónapok teltek el, és mélyen eltemetve magamban a titkomat, cipeltem azt nap mint nap. Senkinek nem beszéltem róla. Folytam az árral, tettem a dolgom, támogattam a gyermekeimet. Nem kerestem más nők társaságát, nem is nézegettem meg őket, gondolni sem gondoltam arra, hogy bárki másé lehetnék így valaha. A gyerekek örömeiből merítettem és gyűjtöttem erőt. Elérkezett a nyári szünet első napja. Alig várták már a gyerekek. Andris aznap Pestre utazott tárgyalni, azt mondta, majd csak későn fog hazaérni. A szünet ezen jeles, első napján a srácok tiszta örömmámorban úsztak, el is vittem őket abba a komplexumba, ahol annyira imádnak ugrálni. Én is úgy ugráltam velük, akár egy gyerek. Kifáradva és éhesen mentünk haza, neki is álltam a vacsinak gyorsan. Egyszer csak csöngettek. Ajtót nyitva két rendőr állt az ajtómban. Lefagytam, és amit közöltek velem, megsemmisített. Kiesett a kezemből a fakanál, összerogytam...

Andrisnak autóbalesete volt az autópályán, mentőhelikopterrel szállították be, de már nem tudták megmenteni. A másodpercek töredéke alatt hullott szét az egész életünk. Azonnal autóba ültek a szüleim, megmozdult értünk az egész család, én pedig semmivé váltam. Ha a gyerekek nem lettek volna, azonnal utána is mentem volna, csakis ők és a mérhetetlen fájdalmuk tartott vissza. Lebegtem a semmiben. A temetést anya intézte, a nővérem elvitte a gyerekeket pár napra magukhoz. Én pedig csak aludni voltam képes. Megvert ez a kurva élet, elvett tőlem mindent. Félárvává lett négy csodálatos gyermek, és nem maradt már más nekik, csak egy lelki nyomorék anya. Fel lehet ebből valaha is állni?

És igen. Fel lehet. Kemény ára van, de fel lehet. Rengeteget ittam, és nyugtatókat is elkezdtem szedni. Csak ténferegtem, és Liza látta el az otthoni teendőimet. A nagylányom köpött be anyámnak is, aki szó szerint megrángatott és felpofozott. Hozzánk költözött akaratom ellenére, mondván, veszélyes vagyok önmagamra és a gyerekekre is. Addig cibált, addig rángatott, lökdösött az észhez térés útja felé, míg hajlandó voltam kilépni keserű önsajnálatomból. Azt hiszem, nélküle soha nem lettem volna már rendes anyja a gyerekeimnek. A fülembe csengenek szavai:

„Andris mit szólna ehhez? Szedd már össze magad! Őket neked kell felnevelni! Térj észhez!"

Késként martak belém a szavai, és tudtam, igaza van. Nehezen húztam föl magam a padlóról, de segítséggel sikerült. Kipakolt minden piát, kidobott minden gyógyszert. Őrzött, felügyelt, ellenőrzött, mint egy kis drogos kamaszt. De ez kellett. Közben főzött, mosott, takarított helyettem, míg sokszor csak fetrengtem. Fizetés nélküli szabadságon voltam, és rám parancsolt, hogy takarodjak vissza most már dolgozni. Felemlegette a nagyimat is. Azt mondta: „ha Mama is így viselkedett volna, éhen is haltak volna apádék és most te sem lennél". Mama 27 évesen lett özvegy három picike babával. A világ legerősebb nője volt, a legnagyobb példaképem. Ezzel a megjegyzéssel jeges vizet öntött anyám a nyakamba, de teljesen igaza volt. Sikerült végre akarnom a változást, és ez a kulcs. Nekem kell akarni.

Voltak ugyan megingások, de végre lettek ismét céljaim is az életben, még ha csak annyi is, hogy érjek be időben a munkába. Vagy, hogy ne kapjon már pont matematikából hármast a dolgozatra Liza, ne így kezdje el a tanévet, amikor az ő matektelvételije lett a legjobb, mert hát akkor rengeteget nyúztam, most meg szartam bele a sulis dolgokba. Odaültem újból a gyerekeim mellé tanulni velük, amikor gond volt. Képes voltam vacsorát főzni, terápiás jelleggel súroltam a lakást, és újra közel engedtem magamhoz Annát is. Anya hónapok múltán hazaköltözött, azt mondta, bízik bennem és reméli, hogy a gyerekek iránti szeretetem minden keserűségemet felül fogja majd írni. Hogy nem nyalogathatom örökké a sebeimet, a gyerekeknek is ugyanúgy fáj, ők mégis mennek tovább, nekem pedig kutya kötelességem rájuk vigyázni, és nem fordítva.

Pszichológushoz fordultam teljesen önszántamból. Egy nagyon kedves, szimpatikus, idősödő hölgy volt az, Eszter, ő lett az én alkoholom, ő lett az én nyugtatóm. Annyi, de annyi mindent köszönhetek neki, ma már pontosan tudom. És anyámnak is! Meg Annának, aki finoman nyújtott mankót törött szárnyaim mellé. Talán mégsem vagyok szörnyeteg. Vannak emberek, akiknek fontos vagyok. És remélem, az égből is szeretettel tekintenek még mindig rám ők, mindketten. Eszter tanácsára magunkhoz vettünk egy kiscicát is, akit együtt választottunk ki. Bandi lett a neve, Bandi cica, Bandita, a mi kis kandúr Bandink, Apa után szabadon. És ez a kis lélek tényleg rengeteg színt és szeretetet, nevetést hozott be a sivárra megszürkült napjainkba, ahogy mind nevettünk a kis hülyén.

Én pedig tényleg fölálltam a padlóról végre, sőt még karrierépítésbe is kezdtem. Lettek terveim, és jó úton haladtam feléjük. Nem volt könnyű, de keményen dolgoztam, hogy megkaphassam azt a pozíciót, amit kiszemeltem. Hosszú idő után igazi boldogság töltötte ki a lelkemet, amikor bevettek abba a projektbe engem is, amire a nagyfőnöknél jelentkeztem, és ez vitt előre. A következő nyarat nehezen tudtam megoldani: fura volt, hogy alig tudok a gyerekekkel lenni, dolgoznom kellett végig, ha meg akartam tartani a pozíciómat. Pici Lénám is meg fogja kezdeni a sulit, már hét éves. Erre is erősen koncentráltam. Mindegyik gyerkőc maximális figyelmet kapott tőlem, amikor első osztályosok voltak, ezt neki is meg kell teremtenem. Az alapok a legfontosabbak, itt muszáj észnél lennem, és folyamatosan követnem majd a haladását. A szeptember gyorsan a nyakamra ült, borzalmasan gyorsan rohant az idő! Rögtön az első napon szülői értekezletet tartottak az iskolában. Léna tanító nénije egy tündér! Az első pillanattól nagyon nagy szimpátiát váltott ki belőlem. Nagyjából egy tízessel lehet több, mint én, ötvenes korosztálynak tippelem. Nagyon kedves, és csinos is, igazán fiatalos. Áradt belőle a jóság és a tenni akarás. Szívvel-lélekkel pedagógus. Így, ismeretlenül is nagyon megkedveltem, úgy éreztem, nem lesz gond, Léna jó kezek közt lesz.

– Anya! Emese néni nagyon cuki! Ő volt ma a párom. Nagyon szeretem.

Rövid idő alatt igazán különleges kapcsolat szövődött Lénám és a mi Emese nénink közt, ami oly közel hozott hozzá. A hála töltötte ki szívem a lányom szeretetéért, és akkor még nem is sejtettem, hogy egyszer ez a csodálatos teremtmény fogja újra megdobbantani a szívem, és fölébreszteni Csipkerózsika-álmából mélyen szunnyadó, örökre eltemetettnek hitt vágyaimat.

9. RÉSZ

A projekt, amibe bekerültem, nagyon jól haladt, egyre komolyabb feladatokat bízott rám benne a projektmenedzser, Viktor. A diri direkt erre a nagy projektre vette őt fel. Szemtelenül fiatalon ült abban a vezetői székben, amit kapott, egy igazi karrierista lehetett a pasas. Jó, ha 35 éves megvolt, nem tudom pontosan, mennyi, de azt igen, hogy két diplomája is van, és hogy az egyik legnagyobb konkurens cégtől jött át hozzánk dolgozni. Sokat sutyorogtak a folyosón az irodatyúkok róla, a cég többi menedzsere pedig nem igazán nézte jó szemmel, hogy egy ilyen „takony kölyök" hogy kaphatott ekkora volumenű, ennyire hosszú és nagy munkát. Zajlott köztük is a hatalomharc, de Viktor értette a szakmát, nemigen találhattak rajta fogást. Kedves volt velem mindig, nekem nem volt vele gondom az égvilágon semmi. Egy reggel Viktor helyettese nem jött munkába, és senki nem is érte el – később kiderült, hogy kórházba került stroke-kal, Viktor pedig engem jelölt meg új helyettesének az igazgatónál. Teljes örömmámorban úsztam, még a fizum is megdobták, én pedig szívvel-lélekkel vetettem bele magam az új munkakörömbe. Sok időt töltöttem ezután együtt Viktorral, kicsit közelebb is kerültünk egymáshoz. Mikor megtudta, hogy négy gyermekem van, teljesen elképedt és bókolgatva mondta, hogy ez egyáltalán meg sem látszik rajtam, nem vagyok az a tipikus nagycsaládos „nagykoffer". Többször megjegyezte, hogy csinos vagyok, amikor jobban kirittyentettem magam egy-egy tárgyaláshoz. Jólesett nagyon a kedvessége, és a belém vetett szakmai bizalma is. Egyszer tovább maradtam bent, Lénát Liza hozta haza a suliból, és akkor beszélgettünk is Viktorral.

– Kerestelek, de nem találtalak meg a social mediában.

– Mert nem vagyok fönt. Amikor a férjem meghalt, töröltem magam mindenhonnan: teljesen kiborított a sok részvétnyilvánítás meg jótanács. Nem használok ilyesmit, csak Vibert.

– Meghalt a férjed? Nagyon sajnálom, ezt nem tudtam.

– Már majdnem két éve. Nem könnyű egyedül, de már kialakult ez az életünk is.

– A gyerekek milyenek?

– Két fiú és két lány. A legnagyobb, Liza, ő már gimis; vannak ikerfiaim, Huba és Hugó, és van még egy kislány, Léna a neve.

– Huba és Hugó? Érdekes ez a névválasztás.

– A Hugóhoz a férjem ragaszkodott, nem tudom, miért, de ezt nagyon szerette volna, én pedig a Hubát ehhez választottam hozzá, mert ez így hangzásban is olyan ikres.

– Hasonlítanak nagyon?

– Mint két tojás, de csakis kívülről. A személyiségük tűz és víz. Hugó hangos, Huba csendes, az egyik vehemens, a másik visszafogott, az egyik ilyen, a másik olyan.

– Érdekes. Akkor biztosan nem vagy magányos, vagy esetleg mégis?

– Unatkozni nem unatkozom, rengeteg dolgom van velük és itt ez a munka is, amit rendszeresen hazaviszek, hogy bizonyíthassak neked. De ha most arra voltál kíváncsi, hogy van-e kapcsolatom, akkor igen a válasz, magányos vagyok. Ő, úgy értem, egyedül vagyok, de megvagyok, nem hinném, hogy beleférne ilyesmi az életembe, nem szoktam erre gondolni, mióta özvegy vagyok.

– Azért biztosan van, ami hiányzik. Hm?

– Most már pakolok és megyek, mert Liza tartja otthon a frontot, még valami kaját is vinnem kellene haza. Megyek, szia! Majd holnap!

– Szia!

Hirtelen ráeszméltem, hogy ez Viktor közeledése volt felém. De olyan kis fiatal még, családja sincs, biztosan nem venne komolyan, legfeljebb csak a kíváncsiság hajthatja felém. Egyszer azt olvastam, minden pasasban van kíváncsiság egy idősebb nővel kipróbálni a dolgot. Azért a női hiúságomnak jólesik, hogy beleesem nála a „megcsinálnám" kategóriába. A szexuális életem gyakorlatilag nulla lett, még csak magamnak sem szoktam tenni semmit. Nem is éreztem erre késztetést, azért most Viktor kicsit megpiszkálta a fantáziám. Nem tagadom, jólesne egy kis figyelem, egy kis ölelgetés, simogatás valakitől, aki nem a gyermekem, de hogy lefeküdjek valakivel, erre még nem érzem készen magam. Mintha Barbi és Andris elvitték volna magukkal a vágyaimat is.

Viktor sokat forgott a közelemben, szinte udvarolgatott, á, nem is ez a jó szó, inkább flörtölgetett, kacérkodott azáltal, hogy kétértelmű megjegyzéseket tett, és igyekezett mindig hozzám érni valahogy.

– Barbika, kedves, nagyon elégedett vagyok a workflow-val, amit tegnap küldtél! – mondta, és eközben a hátamra helyezte a tenyerét, ahogy ültem a gép előtt.

Ezek számomra sem voltak közömbösek: jólesett egy kis emberi figyelem. Egyik délután behívatott a szobájába.

– Én vagyok, megjöttem, hívattál!

– Igen. Ülj csak le! – azzal felállt a székéből, az ajtóhoz ment, majd ráfordította a kulcsot.

Ettől rendesen beparáztam, rögtön éreztem, mire megy ki a dolog, csak úgy kalapált a szívem. Odajött hozzám, letérdelt elém, és mindkét kezével a combjaimat kezdte simogatni. Én pedig csak ültem ott lemerevedve.

– Nagyon kívánlak! – és már nyúlt is a szoknyám alá. Ahogy megérintette a bugyimon keresztül a puncimat, rögtön föleszméltem, és már fel is pattantam a székből.

– Ne! Ez nekem így túl gyors! Ne haragudj! – mondtam, de erre ő is fölállt, megragadta a vállam, *akkor-is-az-enyém-leszel* tekintettel nézett rám, és csak ennyit mondott:

– Találkozzunk valamikor!

– Még átgondolom, Viktor – ő pedig levette a vállamról a kezét és a fenekemre helyezte azt, majd mosolyogni kezdett, aztán adott egy puszit a fülem mögé. Ettől a puszitól mintha szétrecscsent volna bennem egy láthatatlan jégpáncél, ami a vágyaim előszobájának ajtajára fagyott.

– Most már megyek! – húzódtam el tőle, de mosolyogtam rá én is, és így jöttem el.

Este kaptam tőle egy SMS-t:

– Feljöhetnél hozzám egy pohár borra, ha volna kedved velem beszélgetni.

– Talán egyszer így lesz…

– Jaj, akkor előbb meg kell hódítanom a királykisasszonyt, be kell törjek a várba, le kell kardozzam a sárkányt, át kell kelnem egy vulkán felett, hogy egyáltalán elérhessek hozzá, hogy aztán kezébe adhassam kardomat. Hosszú kardomat!

– ☺

– Állatira dögös vagy, ugye tudod!?

– Te pedig nagyon rámenős és magabiztos.

– Felhívhatlak most? Beszélgetni jobban szeretek, mint pötyögni.

– Most inkább ne. Még tanulnom kell a kislányommal. Szia!

– Puszi az illatos nyakadra.

– ☺

Nem tagadom, megmozdított bennem valamit, de nem akartam ezt igazán komolyan venni. Este sokáig dolgoztam még, mert következő napra, délutánra lett volna egy bemutató a dirinek az eddigi haladásról a projekten, és ezt Viktor rám bízta. Elkészültem már a prezentációval, de szerettem volna még rajta finomítgatni, csinosítgatni. A kevés alvás és a sok munka kiszipolyozott, reggel nagyon nehezen szálltam ki az ágyból, kapkodás és rohanás követte ezt, én pedig otthon felejtettem a gépem, rajta az anyaggal, amit csak odabent vettem észre a munkahelyen. Viktor jött be hozzám rögtön, amint megérkeztem: meg szerette volna nézni ő is az utolsó verziót, még mielőtt a nagyfőnök elé visszük.

– Sajnálom, Viktor, otthon hagytam. De máris megyek érte haza, 20-30 perc, és itt is vagyok.

– Gyere, elviszlek én, úgyis át kell még ugranom a könyvelésre is. (A könyvelésünket egy másik irodaházban végezték, melynek udvarán a karbantartás, a raktár és a géppark is volt, összesen három épületben üzemel a cégünk, ezek a város különböző pontjain helyezkednek el.)

– Oké – mondtam beleegyezően, és már mentünk is le a parkolóba, beültem mellé, elindultunk hozzánk. Míg navigáltam az úton, elégedetten rám-rám vigyorgott, én pedig visszamosolyogtam. Nagyon közel van a munkahelyem az otthonunkhoz, forgalomtól függően 7-10 perc csupán. Feljött velem a lakásba, és ahogy beléptünk az ajtón, bezárva azt, rögtön hozzá is szorított és megcsókolt. Majd' fölfalt, én pedig hagytam.

– Gyere! Siessünk! Nagyon kívánlak! – és húzott magával be. – Merre? Melyik a háló? – kérdezte.

– Ez itt!

Bementünk, engem az ágyra nyomott, vadul csókolt, majd fölállt, és rohamtempóban vette is le magáról a ruhákat, bontotta az övét, vette le a nyakkendőt, tolta le az alsóját. Láthatóan mindenre készen volt. És bizony tényleg jó hosszú volt a kardja. Leráncigálta rólam a gatyát, majd húzta a bugyit. Valahogy semmi, de semmi szenvedély nem volt ebben az egészben, csak az az illúziólomboló, nyers valóság. Én pedig bizonyosan tudtam, hogy le fogok vele feküdni, ez mégis olyan kiábrándítóvá vált hirtelen számomra, ahogy nincsen benne semmi gyengédség, nincsen semmi előjáték, hogy legalább én is készen legyek a dologra, ne csak ő. Ahogy levette a bugyimat, még a fölsőm és a blézerem is rajtam maradt, nem is érdekelte semmi, már húzta is szét a lábaimat és tette be a kardját. Egyáltalán nem voltam még benedvesedve, irtó gyorsan történt minden. Belém nyomta magát és már csinálta is, nekem pedig nagyon kellemetlen érzés volt, fájdalmasan kellemetlen.

– Hagyd abba, légyszi! Mégsem szeretném!

– Na, ne szórakozz velem! – mondta kissé idegesen, és jó nagyokat lökött magán.

– Vedd ki, mert ez fáj! Nem vagyok kész rá, így nem jó!

– Nem jó? Mi az, hogy nem jó?

– Így nem, kellemetlen érzés.

– Na, majd mindjárt megmutatom én neked, mi a magyarok istene! – és durván folytatta tovább. Toltam el őt magamról és kiabáltam rá: „Hagyj már!”, de ő csak csinálta tovább. Belemélyesztettem a körmeimet, belemartam a mellkasába és ráköptem. Ettől piszok ideges lett, nagyon dühbe gurult, megragadta mindkét karomon a csuklómat, az ágyhoz szorította azt, és erőszakkal befejezte rajtam azt, amit elkezdett. Elfordítottam a fejem oldalra, becsuktam a szemeimet, összeszorítottam a fogam és már csak azt vártam, legyen már vége. Miután ejakulált, lemászott rólam és lihegve azt mondta:

– Na ugye, nem is volt olyan rossz! Nem értem, mit kell magatokat kéretni!

– Takarodj innen!

Ő pedig felöltözött sietősen, és lelécelt. Én meg feküdtem az ágyban totál megsemmisülve. Basszus, azt hiszem, pontosan ezt hívják úgy, hogy nemi erőszak. Annyi ilyet láttam már filmen, de nem hittem volna soha, hogy velem is megtörténhet. Pontosan tudom, hogy most mi volna a helyes teendő, hogy föl kellene jelentenem, meg ilyesmi. Hogy kellene rendőrségi és orvosi vizsgálat is, ha valaha is le akarom ezt rajta verni. Mégis mi a fenét kezdhetnék ezzel? Még mindig az ágyon feküdtem és zokogtam, amikor eszembe jutott Laci barátunk. Ő a nőgyógyászom is, előbb a nőgyógyászom volt, aztán lett csak a barátunk. Nála szültem a gyerekeket, mind a négyet, és Andrisnak nagyon jó barátja lett Liza születése után, az egyik legjobb. Ugyanis amikor Liza született, Laci vette észre a 39. hétben, hogy nagy gáz van, és hajtott végre rajtam éltmentő műtétet, neki köszönhetjük a gyerek életét, de még akár az enyémet is. Mindig hálásak voltunk mindketten, de Laci és Andris még össze is barátkoztak és eljárkáltak együtt. Igazán jó barátok lettek. Amikor az ikrekkel voltam várandós, olyan különleges figyelmet szentelt nekem, hogy én is a barátomnak érezhettem őt. Nagyon jó a kapcsolatunk, bízom benne, sokat segített ő is, amikor Andris meghalt, mondogatja is, ha férfikéz kell, neki szóljak. Én pedig valami isteni sugallatra felhívtam őt:

– Zavarok?

– Nem. Mizujs?

– Dolgozol?

– Nem, holnap megyek ügyeletbe. Mi az? Miért hívtál?

– Baj van. Öhm…

– Ne hozd rám a frászt, mondjad már!

– Öhm… hát… öö… húú… azt hiszem, megerőszakoltak.

– Mi van? Mi az, hogy azt hiszed? Mi történt?

– A főnököm feljött hozzánk és azt gondoltam, talán ideje végre újra élnem nekem is. Azt gondoltam, talán jó lesz, belekezdtünk a dologba, de nekem nem esett jól, rászóltam, hogy hagyja abba, hogy mégsem akarom, de ettől begurult, lefogott és végigcsinálta.

– Ú, a kurva életbe!

– Jó sok Helyszínelőt láttam, de mi a magyar valóság, mit tud az ember ilyenkor tenni?

– Megmosakodtál?

– Nem. Ez most történt, de még megmoccani sem bírtam.

– Maradj is úgy. Veszek magamhoz pár eszközt, és azonnal megyek hozzád. Ne mosd meg magad semmiképp, és ne is nagyon állj fel!

Az ajtónk nem lett kulcsra zárva, ahogy Viktor kiment rajta. Laci bekopogott, benyitott, bejött, én pedig csak feküdtem és sírdogáltam a plafont bámulva, nem is tudom, mit gondoltam, csak feküdtem ott kiszolgáltatottan, megtépázva. Magamat hibáztattam, közben nagyon nyomorultul éreztem magam.

– Ó, a szemét állat! – mondta ezt, ahogy belépett a szobába hozzám, és látta alattam a kissé véres foltot a lepedőn. A fejére egy szerelős fejlámpát tett. Kiszedte a táskájából egy műanyag, átlátszó dobozból a kacsát, a lábaimat felhúzta finoman és széttette, felvette a gumikesztyűjét.

– Ez most biztosan kellemetlen lesz, bocsánat, de csak így tudom megnézni.

Behelyezte az eszközt és széthúzta, én pedig jókorát rándultam. Hosszasan nézegette, aztán elővett valami hasonlót, mint amivel kenetet szoktak venni. Többször benyúlt és végighúzta bennem azt a vackot; a hüvelyfalamat törölgette át vele és mind eltette steril, kémcső formájú dobozkákba egyesével. Nem számoltam, de legalább négy ilyet megcsinált és eltett.

– Most DNS-t gyűjtesz?

– Olyasmi… igen, még jól jöhet. Ha rendőrségi ügy lesz, pláne.

– Most pedig be fogok nyúlni a kezemmel is. Meg szeretném nézni a méhszájad. – Igazán óvatosan tette ezt, nekem mégis csorgott a könny a szememből.

– Oké! Adni fogok egy kúpot, még ma váltsd ki. Írok fel neked esemény utáni tablettát is, biztos, ami biztos. A bevérzésekre is írok egy kenőcsöt, de ezt készíteni fogják, lehet, hogy nem lesz meg rögtön. Most menj, mosakodj meg, öltözz föl, és bemegyünk a rendelőmbe. Fölveszünk egy hivatalos orvosi látleletet, aztán menjél, és jelentsd föl azt a rohadékot! Az esemény utánit mihamarabb szedd be, mert ha nem veszed be 36 órán belül, akkor már nem olyan megbízható. Bár 72 óra van rá írva, igyekezz mielőbb bevenni.

Így is tettünk. Elvitt a rendelőbe, maga csinált meg mindent a gépben, hiszen aznap nem volt rendelése. A mintákat eltette, azt mondta, ezeket majd ő megőrzi, és a papírra még azt is ráírta, hogy a hüvelyből váladékminta lett levéve, későbbi azonosítás céljából. Szinte az egész napom elment erre, senki nem keresett, nem hívtak a prezentáció miatt. Fogalmam sincs, Viktor mit hazudhatott arról, miért nem vagyok ott. Ott maradt a kocsim a munkahelyemen, Laci szaladt el velem azért is. Három órakor ültem át a saját autómba, hogy akkor irány a gyógyszertár, elintézem, mielőtt menni kellene a gyerekekért, de megszólalt a telefonom: *Iskolatitkárság hív.*

– Jó napot kívánok! Történt egy kis baleset az imént az udvaron. Hubának felszakadt az álla és nagyon vérzett, ezért hívtunk hozzá gyorsan egy mentőt. A tanító néni bemegy vele a balesetire, de önnek is oda kellene menni mielőbb. Megadnám Emese néni telefonszámát is, aki Hubával lesz.

Bassza meg! Gyógyszertár sztornó, rohanás a balesetire, közben hívtam Lizát, szedje össze Hugót és Lénát a suliból, mert Hubához kell mennem. Hívtam Emesét is, hogy hol is vannak pontosan.

10. RÉSZ

Hubáék napközis tanító nénije beteg lett, ezért Emese néni volt beosztva hozzájuk helyettesíteni, amikor leugrott Huba a lépcsőről az udvaron, a talajra érkezve pedig megcsúsztak a kavicsok a cipője alatt. Olyan szerencsétlenül esett az állára a betonon, hogy az csúnyán, mélyen fölszakadt. Emese néni Léna lányom szeretett Emese nénije, jól ismertük őt. Épp bent voltak a vizsgálóban, amikor odaértem. Bekopogtam, és én is bementem. Hubát épp varrták, rettentően sírt szegény megrémült gyermek. Beszéltem én is az orvossal, azt mondta, nincsen komoly gond, rendbe fog jönni. Ellátták, varrás után bekötözték, aztán küldtek még tovább bennünket a fejsérülés miatt. Emese nem ment el, velünk maradt mindvégig és beszélgettünk mindenféléről, többnyire Lénáról, de sok más is szóba került. Látta rajtam, milyen nyúzott és fáradt vagyok, próbált belém egy kis lelket önteni, nyugtatgatott, nem lesz semmi baja a kislegénynek sem. Rengeteget vártunk a röntgenre, minden olyan piszok lassan történt. Késő volt már, ezért hazafelé menet elvittük Emesét is magunkkal, mert az iskola mellett lakott, tőlünk két percre, és csak busszal tudott volna hazamenni. Az autóban a műszerfalra fel voltak dobálva Laci receptjei és a lelet is. Emese meg is látta rajta a mondatrészt: *„nemi erőszak jelei egyértelműen azonosíthatóak"*. Mikor észrevettem, hogy a szemeivel a papírom fürkészi, csak annyit mondtam:

– Nagyon… nagyon… nagyon nehéz napom volt! És még ez is!

Szegény egy árva szót sem tudott mondani, gondolatainak csöndjébe merült, de láttam, hogy könnyes lett a szeme. Kitettem őt a házuknál, és hazamentünk végre mi is. Liza nem adott enni semmit Hugónak és Lénának, rám vártak mind, hogy majd anya… Hurrá! Mondtam is nekik, hogy öltözzetek akkor ti is föl, megyünk és beülünk valahová.

– Mi legyen? Pizza? Meki? Burgeres?

– Pizza!

– Pizza!

– Én is pizza.

– Nekem mindegy – jöttek a válaszok, aztán mentünk is vacsira a kedvenc pizzériánkba. Nem volt semmi lelkierőm főzni, de még csak egy nyamvadt kenyeret sem megvajazni. Nagyon kimerülten, jól belakva értünk haza későn, még az esti fürdés is kimaradt. Mindenki úgy ment lefeküdni, ahogyan volt.

Reggel nem akartam bemenni dolgozni, a gondolatától is felfordult a gyomrom, hogy Viktort látnom kelljen. Felhívtam a háziorvost, azt hazudva neki, hogy egész éjjel hánytam, vegyen táppénzre. A gyerkőcöket elvittem mind suliba, én pedig végre elmentem a gyógyszertárba is. Az esemény utáni recept viszont eltűnt; valahol kieshetett, mert nem találtam sem a táskámban, ahová mindent benyomtam még a pizzázás előtt (nehogy valamelyik gyerek meglássa), sem az autóban, sehol sem volt. A francba, most zaklathatom ezzel újra Lacit. Kiváltottam a többi dolgot, aztán próbáltam is hívni őt, de nem vett föl. Később újra és újra hívtam, de nem értem el. Délben hívott viszsza, hogy egész idáig a műtőben volt, mit szeretnék. Rendesen lecseszett, amikor megmondtam, hogy sajnos valahol elhagytam a receptjét, és kellene egy másik.

– Már rég be kellett volna, hogy vedd, basszus! Miért nem váltottad ki már tegnap?

– Hubát a mentő vitte el a suliból, felszakadt az álla, be is varrták, aztán még kajásak is voltak este nagyon a kölkök, nem volt már erőm késő éjjel ismét autóba ülni és kiváltani.

– Most nem tudok elszakadni, mert ügyeletben vagyok, be tudnál jönni hozzám a kórházba?

– Megyek, igen. És köszi!

A kórházba érkezve Laci megint nem vett föl, hiába hívogattam, próbáltam egy nővérkének is szólni, hogy kiderítsem, merre lehet, de egy sürgős esethez hívták ismét a műtőbe. Rengeteget vártam rá, mire ki tudott szabadulni a műtőből és írt gyorsan egy újabb receptet. Be is szaladtam vele a közeli patikába és ki szerettem volna váltani, de közölték, nekik most nincsen ilyen készleten, vagy rendelni tudnak, vagy menjek az ügyeletes gyógyszertárba, ott valószínűleg lesz. Igen ám, de már két óra is elmúlt, és aznapra három órára volt fogorvoshoz előjegyezve Hugó, akinek nagyon romlékonyak a fogai. Nem volt már elég időm, mennem kellett a gyerekért. Hugó megkapta a fogtömését, aztán rohantunk is a tesókért vissza a suliba négyre, majd haza. Otthon a szokásos műsor fogad: muszáj főznöm, mert meghalnak éhen. Este, egész későn hagytam ott őket Lizára, mikor már a kicsik elaludtak, hogy elugorjak végre kiváltani azt a szaros esemény utánit. Sorakoztam az ügyeletes gyógyszertárban is jó sokat, de végre nálam volt a gyógyszer. Hazaérve bevettem végre, majd kínomban fölbontottam egy palack bort, hogy kicsikét ki tudjam ereszteni a gőzt. Már vagy két pohárral be is nyakaltam belőle, amikor felmerült bennem: erre a szarra vajon lehet inni? De hülye vagyok! Ez eszembe sem jutott! A fenébe! Most már mindegy...

11. RÉSZ

Egész éjjel azon kattogott a fejem, hogyan tovább. Mit kezdjek ezzel a kiszolgáltatott helyzettel? Nem mentem el a rendőrségre. Viktor mindig korán érkezik be az irodába, sokszor ő az első közülünk, aki ott van. Megkértem Hubát és Hugót, hogy ma kivételesen menjenek maguk gyalog a suliba és vigyázzanak Lénára is útközben, mert nekem hamarabb el kellene mennem most, mint máskor. Korán be is mentem, Viktor már ott pöffeszkedett a gépe mellett, mikor rákopogtam és beléptem az irodájába.

– Eddig tartott kipihenni? – kérdezte flegmán, de nemsokára ráfagyott a képére az önteltség. Elővettem a táskámból Laci papírjának fénymásolatát, és az asztalára tettem elé.

– Orvosnál voltam. Ha nem mész még ma be az igazgatóhoz és adod be az azonnali felmondásod – leszarom, hogy milyen indokkal –, akkor holnap reggel a rendőrségen kezdek ennek a lapnak az eredetijével, és meg is nevezlek, mint elkövetőt.

– Te büdös kurva! Hogy képzeled ezt? Akartad te is, hogy megbasszalak!

– Nem, kisapám! Te vagy a rohadt szemét! Nem érdekel, mit találsz ki, hogyan húzod el a csíkot, de nem akarlak többé itt látni, és isten bizony lecsukatlak, ha nem takarodsz el ettől a cégtől azonnal, vagy ha bármikor is a szemem elé kerülsz! Láthatod, a DNS-edet bennem felejtetted. Mintát vett a doki. Semmiből sem fog állni tőled is vennie a rendőrségnek mintát, és garantáltan egyezni fog a kettő!

A papírt otthagytam nála, hagy ízlelgesse csak a rajta levőket, hadd érezze, hogy ez nem kamu, és el is húztam onnan sietve, mert dolgozni nem akartam bent maradni, és a táppénzem is tartott még. Hazamentem és elégtételt éreztem. Erősnek éreztem magam ettől, amit tettem, de közben azért féltem is, mi lesz ezután. Nem tudtam, mit fog lépni. Következő nap este az egyik kolléganőm hívott, hogy hogyan vagyok, mikor jövök majd, és hogy képzeljem el, Viktor elment, senki sem tudja, miért, az igazgató őrjöng, nincs kinek átadnia a projektet. Még aznap este e-mail érkezett a diritől:

Azt hittem, káprázik a szemem. Pedig nekem nincsen gazdasági végzettségem, csakis mérnöki, mégis engem akar... hát, ha nincs ló, ugyebár. Szép, vaskos összeg volt a bér havonta, és voltak benne egyéb kedvező juttatások is. Tudtam, hogy nagy pénzt akasztanak le a vezetők, de ekkorára én sem számítottam. Elvállaltam természetesen a munkát: jól ismertem a dolgokat, sokat voltam Viktorral együtt tárgyalni is; mint a helyettesét, sok mindenbe bevont, terhelt rendesen és folyamatosan. Kicsit úgy éreztem, elégtételt kaptam az élettől. Nem tudom, hová ment, nem tudom, mi van azóta vele, de nem is szeretnék rá gondolni. A rendőrségre végül nem mentem el: attól féltem, hogy nem minősítenék erőszaknak, hiszen a saját lakásomba én vittem be, a saját ágyamba én feküdtem be... Laci nagyon haragudott ezért rám, azt mondta, legalább úgy meg kellett volna tennem a feljelentést, hogy nem nevezem meg. Hát persze, és mit mondok? Hogy bejött hozzám egy idegen? De ez így jól sült el. Ettől jobban fogalmam sincs hogyan jöhettem volna ki ebből az elcseszett szituációból. Mindenesetre rendesen megundorodtam a férfiaktól, *olyanformán* mindenképp. A szex gondolatától is a hányinger kerülgetett.

12. RÉSZ

Mesike (Emese néni) egyik este e-mailt írt nekem:

Kedves Barbika!
A Krétából néztem ki a mail-címedet. Mióta Hubával a balesetin jártunk, nem tudok kiverni egy gondolatot a fejemből. Láttam valamit az autóban. Egy orvosi lapot, nemi erőszakról is volt benne szó, és orvosi receptek is ott voltak rajta. Tudom, hogy semmi közöm ehhez, de úgy érzem, tudnom kell, te vagy ennek az áldozata? Vagy ne adj' isten Léna nővére? Segíthetek bármit is ebben a borzalomban?
Aggódó ölelésem küldöm:
Mesi

Kedves Mesi!
Sejtettem, hogy megláttad, láttam a szemeidben a döbbenetet. Én vagyok az áldozat. Köszönöm az aggódásod és a törődésed, de álltam már fel ennél nagyobb fájdalomból is, rendben leszek.
Barbi

Kedves Barbika!
Nagyon erős vagy, ezt látom én is. Mégis, ha beszélgetnél, vagy csak kisírnád magadból, gondolj rám! Pontosan tudom, mit érzel, sajnos engem is megerőszakolt az unokatestvérem, amikor még csak 13 éves voltam. Ezt még nem is mondtam el senkinek, csak most teneked. Itt vagyok!

Nem is tudtam, mit kellene erre válaszolnom, így hát nem is írtam neki semmit sem. Nem akartam belefolyni ebbe a témába a legkisebb mértékben sem. Jólesett az aggódása, tényleg. Mindig tele vannak a szemei szeretettel. Léna elképesztően ragaszkodik is hozzá. A csepp csaj olyan rossz, mint a bűn, de Emese néni sokszor kirántja őt a bajból és elsimítja a kis hülyeségeit. Velem mindig megosztja, mikor megyek Lénáért, félrehív, és elmondja, mi történt, mi is volt a gond, a galiba, amit okozott, és hozzáteszi: „de eltussoltuk kicsikét, nem fogok beírást adni érte vagy ilyesmi, de beszélgessek már Lénával a dologról mindenképp". Hihetetlen türelem van benne. Sok tanító nénink volt már a többi gyerekkel, de ennyire szeretnivaló még egyik sem volt. Hugó miatt is rengeteget álltam a szőnyeg szélén, főleg első osztályban, de Léna még rajta is túltett. Állandóan volt valami, amivel piszkálta a tüzet a kiscsaj. De Emese néni, a drága, végtelen türelemmel és szerető terelgetéssel kezelte mindezt. Egyik este megint jött egy e-mail tőle:

Kedves Barbika!
Léna ma verekedett is az iskolában. Nagy indulatokat váltott ki belőle az egyik kislány. Nem tudtam teljesen kideríteni az előzményeket, de Léna apukájával lehet kapcsolatos. A kis információ morzsákból, amit a többi gyerektől sikerült begyűjtenem, erre jutottam. Kérlek, beszélgess vele erről!
Mesi

Kedves Mesi nénink!
Köszönöm neked ezt a sok figyelmet, mindenképp fogok vele beszélgetni még ma este, elalvás előtt. Köszönöm a jelzést.
Barbi

El is beszélgettem Lénával, és kiderült, azért kalapálta el a társát, mert azt mondta neki: „Érted sohasem jön az apád, mindig csak az anyukád, talán elváltak?" Léna pedig nekiugrott. Később meg is írtam Mesinek, hogy mit mondott el nekem erről Léna, illetve leírtam neki azt is, hogy Léna apukájával mi történt pontosan, és hogy mindenkinek mennyire nagyon hiányzik. Ez volt az első alkalom, hogy kissé megnyíltam felé, ő pedig vigasztalt és tovább támogatott, öleltek a szavai, simogatott a belőle áradó figyelmesség. Levelezni kezdtünk egymással, egyre több és több mindent osztottunk meg a másikkal. Hetek teltek el, és már nem is volt olyan nap, hogy ne írtunk volna. Nagyon közel kerültünk egymáshoz pusztán az éteren keresztül. Aztán egyszer felhívtam őt magunkhoz, hogy vacsorázzon velünk. Léna majd' kiugrott a bőréből, olyan izgatott és boldog volt. Állt az ablakban, onnan nézte, mikor érkezik. A gyerek mindent megmutatott neki itthon, húzta-nyúzta, Mesi pedig teljesen alá is rendelte magát a kis felvillanyozott amazonnak. Este, mikor ágyba küldtem a fiúkat is és Lénát is, mi még beszélgettünk tovább egymással. De úgy, olyan természetességgel, minta ezer éve ismernénk egymást, és már előző életünkben is barátnők lettünk volna. Rég nem éreztem magam annyira felszabadultan, mint akkor. Lett egy új barátnőm.

Másnap reggel hányingerre ébredtem. Arra gondoltam, az este sok lehetett a bor meg a sajt, vagy a szőlő… De nem hánytam végül semmit, csak az émelygés maradt meg. Hol jobban, hol kevésbé. Este Liza rám szólt, hogy vegyek már neki tampont, mert el fog fogyni. És akkor hirtelen elkezdtem számolgatni és gondolkodni, hogy mikor is kellene, hogy nekem megjöjjön a mensim, majd arra eszméltem, hogy már vagy 7 hete meg kellett volna, hogy jöjjön. Kétségbeesés után azonnal patika. Egy percet sem tudtam volna várni vele tovább. Nem érdekelt a reggeli vizelet sem, vettem 3 db gyorstesztet, háromfélét, és azonnal nekiláttam otthon a tesztelésnek. Belepisiltem egy kis eldobható pohárkába és abba mártottam bele a csíkokat. Mindhárom pozitív. Atyaisten! Ez nem lehet. Te jó ég! Éjjel ráírtam a Viberen Lacira: *Terhes vagyok.* Még azon a héten megvizsgált, és bizony-bizony, megfogant bennem egy kis élet. Laci azt mondta, nagyon az utolsó napokban vagyunk, ha el akarom vetetni. Lehet, hogy az erőszakra hivatkozva lehetne még tolni, nyerni némi időt, de el kell döntenem azonnal, mit teszek. Abortuszt akartam, Laci el is vállalta, azt mondta, csak nagyon ritkán csinál ilyet, amikor élettel összeegyeztethetetlen rendellenességről van szó, de ezt most nem bízná másra. Segített mindenben, szólt az illetékeseknek, el is mentem az elbeszélgetésre és meg is kaptam az időpontot. Áthívtam Emesét, muszáj volt kisírnom valakinek ezt a borzalmat. A szíve szakadt meg értem, őszintén átérezte a fájdalmam, keserűségem. Még gyilkossá is kell válnom! Ez marcangolt... Nem voltam még elég bűnben eddigi életem során? A baba apja egy tetű, én meg már öreg is vagyok, egyedül is vagyok, van négy éhes száj itthon a sajátomon túl – akarom mondani, öt, Banditával együtt –, hogyan is vállalhatnám ezt? Próbáltam meggyőzni magam arról, hogy így helyes, de másra sem tudtam gondolni, csak amit az ultrahangon láttam. Egyre jobban szorított belülről egy érzés. De hiszen az enyém! Ő is az enyém! Akárhogyan is, ő nem tehet semmiről! Nem aludtam semmit. Marcangoltam magam tovább minden pillanatban, reggel pedig felhívtam Lacit.

– Nem megy!

– Mi nem megy?

– Nem tudom elvetetni!

– Azért ezt fontold meg alaposan! Negyvenen túl vagy, özvegy vagy, és a gyerekek még ott állnak jócskán a továbbtanulás előtt. Jó munkád van most. Nem akarom itt az ellenérveket felhozni, de gondold még át.

– Pontosan ezeket vettem én is számba, és minden, a világon minden a gyerek ellen szól! Tudom én is. Egyetlen dolgot kivéve: hogy az enyém. Nem tudom megölni. Egyszerűen nem megy, Laci! Nem tudom elvetetni.

– Akárhogyan is lesz, rám számíthatsz. Andris temetésén ígéretet tettem magamnak, hogy vigyázok rátok. Azért még alaposan fontold ezt meg!

És Lacira tényleg mindig és bármiben számíthattam. Hála töltötte ki a szívem érte, olyan csupaszív ember. Nem is értettem soha, hogy a francba nincsen senkije. Pedig jóképű, és ahogy öregszik, egyre inkább az. Annával is megosztottam a titkom, elmondtam neki a történteket, hogy ágyba akartam bújni Viktorral, de elszerencsétlenedett az egész helyzet, ő pedig erőszakoskodott velem, és most itt vagyok egy babával a hasamban.

Most is számíthattam rá, mint eddig bármikor az évek során. Anna mindig olyan türelemmel van felém. Oly régóta és oly finoman támogat engem, nagyon különlegesnek érzem a köztünk lévő szeretetet és lelki összefonódást. Mesi pedig szinte állandó vendéggé vált nálunk, nagyon gyakran följött, segített a gyerekek körül, szó nélkül vette le a vállamról a mindennapi feladatokat, összehajtogatta a ruhákat, fölmosott, felcipelte a garázsból a nehéz flakonokat helyettem, rengeteget segített, tehermentesített a sok rosszullét közt. Ha azt mondom, hogy barátnők lettünk, az nem fedi le teljesen a valóságot. Valóban barátnők voltunk, igazán szoros barátnők, de mintha kissé az élettársammá is vált volna, annyira benne volt már az életünkben. Oly nagyon igyekezett mindenben a rendelkezésemre állni, napról napra egyre jobban és jobban ragaszkodott hozzánk, szinte már családtaggá vált. Még kulcsot is kapott. Egyik este nem ment haza már, mert annyira késő volt, én mondtam neki, hogy aludjon inkább nálunk, ne mászkáljon a sötétben ilyen későn egyedül. Az én ágyamban bővel elférünk mindketten. És mi még lefekvés után az ágyban is csak beszélgettünk, kifogyhatatlan csacsogtunk mindenféléről, közben odabújt hozzám, a fejét a vállam mellé helyezte, a haja az arcom csiklandozta, megéreztem az illatát, gyengéden simogatta a kisemberrel még alig növekvő pocakom. Teljes természetességgel ért hozzám, mintha az övé volnék. És ekkor valami igazán fura érzés ragadott magával. Egy jóleső érzés! Valami megfoghatatlan. Elképesztően jólesett az érintése, bizsergett az ujja alatt minden porcikám. Ha képes lettem volna foszforeszkálni a sötétben, azt hiszem, akár reggelig is világítottam volna attól a gyengédségtől, amit akkor kaptam tőle. Amikor már elaludtunk, álmában még át is ölelt, én pedig felriadtam erre, és nem is tudtam újra visszaaludni az izgalomtól ezután. Magával ragadott, éreztem érintésének varázsát és bőre finom illatát, ami oly kellemes volt. Kicsit még horkolt is, nem túl hangosan, inkább olyan szuszogósan, és azt éreztem: olyan édes! Csak néztem ezt a csodálatos nőt magam mellett, aki végtelen önzetlenséggel támogatja az életemet, és most először megláttam benne valami olyan szépséget is, amit igazán nehéz megfogalmazni. Reggel későn ébredtünk csak fel, Léna mászott be közénk az ágyba és kiabálta: „Ébresztő!" Mikor kinyitottam a szemeimet és láttam, ahogy Mesikém nyújtózkodik és dörzsölgeti a szemeit mellettem, gyönyörűnek láttam. Rám mosolygott, én pedig vissza. Oly nyugalmas boldogság futott végig minden apró porcikámon, hogy azt kívántam, bárcsak minden reggel mellette ébredhetnék! Hugó törte meg a pillant varázsát, bekukkantva a szobába bekiabált:

– Emese néni, hát te is itt aludtál?

Mesike ettől egy picikét zavarba is jött, igyekeztem ezért elvicceskedni ezt a szituációt. Emesének van egy felnőtt fia, aki már rég a saját életét éli, Budapesten lakik, gyereke ugyan nincs, de feleségjelölt élettársa már igen. Szóval rengeteget van ő is egyedül, hacsak nincsen velünk. A fia apja lelécelt, amikor még csak 3 hónapos terhes volt Mesi, így a várandóssága alatt is egymaga volt lényegében végig. Haza is költözött a szüleihez, hogy legyen némi támasza a gyermeke felnevelésében, de ők már nem élnek. Jó nagy a lakás, amiben egykor négyen laktak, most meg már csak ő van ott. Mesinek azóta sem volt egyetlen egy kapcsolata sem senkivel, leélte a fél életét egyedül – úgy értem, szexuálisan is egyedül. Nem voltak futó kalandjai sem, semmi. Mindig azt mondja, ő már megszokta a magányt és jó neki így. Én is tudom már testközelből, hogy milyen ez, még ha nem is annyira hosszú ideje, mint ő. Viktor bántása óta gondolni sem akarok egyetlen hímtagra sem, mélyen belém itta magát az a durvaság, amit átéltem vele. Lehet, ezután én is így fogom élni az életem, mint Mesi? Életfogytig tartó böjtben? Valahol nem is bánnám, mert ha Andris gyengédségére tekintek vissza, öszszeszorul a szívem.

13. RÉSZ

Hetek múltán láthatóvá vált a hasam, bár sokkal kisebb volt, mint amekkora az átlagé. Rejtegettem azt, nem szerettem volna, ha a munkahelyemen megtudják, hogy babát várok. Szerettem volna végigvinni a teljes projektet, hiszen nem tudtak felvenni más alkalmas embert, én pedig így bizonyíthattam, hogy nem csak mint helyettes vagyok képes helytállni. Reméltem, hogy esetleg kaphatnék majd állandó megbízást is, ha ezt sikerül végigvinnem, de ha megtudják, hogy babát várok, akkor ez garantáltan elúszik. Úgy öltözködtem, hogy a lehető legtovább elrejthessem a titkomat. Már az ötödik hónap végén jártam, amikor lezárult a rám bízott projekt és átadtuk a munkát. Sikeresen, gazdaságosan, haszonnal tudtuk zárni a megrendelést, a diri elégedett volt nagyon a végeredménnyel, és ahogyan reméltem, kaptam egy végleges kinevezést ezután, mint projektmenedzser. Egy picit szarul is éreztem magam, amiért önző módon nem voltam vele teljesen egyenes, már ami a babát illeti. De mi, nők sokszor csak így bírunk előrébb jutni a munka világában, hiszen ha kisgyermeked van, az a baj, ha nincs még gyermeked, akkor az a baj, mert majd biztosan szülni fogsz menni; ha több gyereked van, az a baj, akkor biztosan sokat leszel táppénzen... sehogy sem vagy igazán jó, terhesen kiváltképp nem! Pedig egy anyánál, főleg egy nagycsaládos anyánál nincsen tehetségesebb logisztikus és elszántabb menedzser a földkerekségen. Az anyukák hatékonysága és a munkába vetett intenzitása is jóval magasabb, mint bármelyik férfié.

Egyre nehezebb volt elrejtenem a hasam, minden nap újabb kihívást jelentett ebben a csalásban. A főnök egy újabb, de jóval kisebb projektet bízott rám, aminek a pályázatát a mi cégünk nyerte el. Miután aláírtam a papírokat, megmondtam neki, hogy babát várok. Látszott rajta, hogy legszívesebben azonnal vissza is csinálná az egészet, de elébe menve ennek, megmondtam neki, ne aggódjon, be fogom fejezni, még mielőtt megszülnék, végig fogom vinni a teljes munkát, ha kell, akár a szülőágyról is, ha kell, home office-ból, tárgyalni meg el fogom küldeni a megfelelő embereket magam helyett, amikor szükséges. Nem tetszett ez neki, de nem nagyon tudott mit tenni. A környezetemben élők mind észrevették már rajtam a változást és sorra megvetettek tekintetükkel, hogy özvegyasszonyként gyermeket várok, az apa meg sehol. Egyre jobban frusztrálta ez a kérdés Lizát is, aki eddig teljesen elszigetelődött tőlem a babát tekintve, szinte tudomást sem véve róla, pedig nagyon is dolgozott benne a kíváncsiság. Egyszer csak kibukott belőle:

– Ki az apja? Valami nős ember? Vagy miért nincsen akkor veled?

– Nem nős. Egy igazi tetű az apja, egy erőszakos ember.

Mély hallgatás után elvonult a szobájába, és tovább emésztette az ott hallottakat. Pár óra elteltével kijött a szobából és megölelt. Megszűntem a szemében lotyó lenni, flegmasága messze szállt, de aggódása nem csillapodott.

– Bántott téged?

– Igen.

Nem feszegette tovább, csak megölelt szorosan, és olyan jólesett ez nekem. Egy szeretethíd épült közénk újra. Mesi nem ment haza a suliból, hozzánk jött fel, vacsorát készített nekünk a konyhában, hozzá csatlakoztam én is és Liza is segédkezni. Megtöltötte a konyhánkat a szeretet és a jó illat is, a srácok be-bekukucskáltak a konyhába, hogy „mikor lesz már kész?".

Tényleg egy családdá váltunk; Mesi jóformán többet aludt velem, mint otthon. Anna barátnőm ezt szóvá is tette, hogy nincsen-e köztünk valami több, mert ez így elég szokatlan. Én pedig megmondtam neki, hogy bár egy ágyban alszunk, de nem fekszünk le egymással, ha erre gondolna. Anna nem is sejtette, hogy valamikor benne volt az életemben egy nő is, akit imádtam testestől-lelkestől, ezt a titkomat azóta is jégpáncélom alatt őrzöm, hét lakattal ráverve, farkasokkal védve annak nyitját.

– Csak segít nekem. Imádja a gyerekeket, és szerintem nagyon magányos volt sokáig és velünk egy kicsit új családra is lelt. Ennyi az egész. Támogatjuk egymást, vagyunk egymásnak. Mellettünk újra fontosnak érezheti magát, mert tényleg fontos is nekünk.

– Tőlem sohasem kértél ilyesmit! Ekkora segítséget…

– Tőle sem kértem. Így alakult. Ő ragaszkodik hozzám ennyire, és bevallom, ez nekem nagyon jólesik. Sokszor úgy érzem, nélküle nem is boldogulnék. Ne légy rá féltékeny, Anna! Te mindig az egyik legkülönlegesebb helyet fogod elfoglalni a szívemben. Te vagy a legjobb barátnőm, komolyan így érzem. Mesi pedig egy másik különleges székben ül a szívemben. A kettő elfér egymás mellett. Inkább segíts, hogy mi lehet Lizával. Azt vettem észre, hogy rengeteget van ébren éjjel. Ha bekopogok, hallom, hogy csörtet, rendezkedik gyorsan valamit, és csak utána szól ki, hogy „mi az?”. Mintha rejtegetne előlem valamit. Valamit a telefonjában néz, de titkolja. Nem tudom, mi lehet. Kérdeztem róla, de leráz, folyton leráz.

– Vagy chatelget, pasizik az éterben, vagy még az is lehet, hogy pornót néz. Mi is ezen kaptuk Zalánt, egyfolytában erre önkielégít. Láttam a lepedőjén is dolgokat, Gabi meg visszakereste a keresési előzményeit és pornó pornó hátán. Mondtam Gabinak, beszéljen erről ő vele, ő az apja.

– Oké, Zalán fiú, Liza lány, szerintem a lányok nem néznek annyira pornót. Én valami titkos szerelmet gyanítok inkább.

Egyre többet kaptam azon Lizát, hogy éjjel 3-kor is még ég bent nála a lámpa, amikor pisilni mentem ki. Egyszer csak kopogtatás nélkül rányitottam az ajtót, és épp simogatta magát ott. Ezzel a mozdulattam gyorsan be is zártam az ajtót, és aludni indultam vissza az ágyba. Pontosabban csak akartam aludni, de nem sikerült. Nem tudtam, mit kezdjek ezzel. Beszélnem kellene vele, hiszen a jegyei is romlottak, mindig dögfáradt, nem bír koncentrálni sem, teljesíteni sem úgy, ahogy azelőtt. Azon agyaltam, mégis mitévő legyek. Nem fogom neki azt mondani, húú, ez mekkora bűn! Igenis nyúljon magához, ha erre van szüksége, inkább ez, mint hogy akárkivel is csak úgy lefeküdjön, mert már nem bírja magába folytani a benne tomboló hormonok kivetüléseit. A következő hétvégén megkértem Mesit, hogy hadd tartsak Lizával egy anya-lánya kiruccanást, amin kendőzetlenül bele is csaptam a dolgokba.

– Romlottak sokat a jegyeid.

– Hagyj már ezzel!

– De miért? Nehéz, amit tanultok? Gyere hozzám és segítek! Szerintem nem is szánsz rá annyi időt, mint korábban.

– Nem hagyhatnánk ezt?

– Nem. Pontosan erről szeretnék beszélni veled. Látom, hogy sokat és sokáig vagy fönt. Ez így nem járja. Aludnod kell éjjel! Ha önkielégítést akarsz csinálni, azt nappal is megteheted. Ha erre van szükséged, teszünk kulcsot a záradba, de csináld nappal, nem fog senki rád nyitni.

– De anya!

– Hát láttam, amit láttam!

– Na, most már!

– Komolyan beszélek! Kapsz kulcsot, de ne éjszakázz! Vagy valaki mással együtt csinálod ezt online?

– Dehogy!

– Hát akkor mit néztél épp közben a telódon?

Mély sóhaj.

– Pornót?

Bólogat.

– Basszus. Ez komoly?

– Anya! Mindenki azt néz! Hagyj már! Elég nagy vagyok!

– Mindenki?

– Igen, mindenki. Én is látni akartam. Te sosem mondasz semmit erről, hogyan kellene ezt csinálni.

– Tyhűűű! Hát jól van. Először is, nem a pornóból fogsz tudni megtanulni dolgokat erről, mert akkor hamis kép fog benned élni erről az egészről és kudarcok fognak érni. A valóságban kissé másabb egy szeretkezés. Persze, lehet valakivel csak úgy szimplán kefélni, mint ezekben a filmekben, de azért ne így kezdd el a nemi életedet! Ezekben mindig olyan méretű péniszek vannak, amik kirívóak. A legtöbb pasinak sokkal kisebb, és ez nem is baj. Ugyanis ha túl nagy, akár fájhat is, attól függ, milyen a te hüvelyed formája anatómiailag. Van, akinek egy húszcentis is nagyon kellemetlen már, van, akinek ez nagyon-nagyon jó érzés – mi, nők is egyediek vagyunk. A másik dolog, hogy ezekben telenyomják a pasikat olyan szerekkel, hogy sokáig ne élvezzenek el. A valóságban egy-egy aktus sokkal rövidebb. Vannak pasik, akik tényleg jó sokáig bírják, de többnyire nem ilyenek a férfiak. Épp ezért, ha szeretkezel valakivel, nem csak ennyi kell, hogy legyen a dolog, hogy beteszi, huzigálja ki-be, majd puff. Kellenek előtte is és utána is olyan dolgok, amivel ki tudjátok fejezni a másiknak a szerelmeteket, egy igazi szeretkezés nem csak egy aktus, hanem valami sokkal több, szépen becsomagolva mindenféle gyengédséggel. Olyannak add oda magad, akibe valóban szerelmes vagy. Első alkalommal mindenképp! Mert akkor jól fog esni a simogatása is és minden más érintése is a testeden. Még mielőtt belevágtok a lecsóba, meg kell szeretgetni a másik testét mindenütt, ahol annak jólesik. Ezt ki tudod tapasztalni úgy is, ha nem vagytok még ilyen közel ehhez a helyzethez. Ha figyelsz rá, látod, hogy jólesik-e neki, ha a nyakára adsz puszit, vagy ha megharapod picit a fülét, vagy ha a mellkasára teszed a kezed. Ilyenek. Ki kell puhatolni a másikat, hogy mi hozza lázba, és a szexet megelőzően, előjátékként ezekkel kell izgalmi helyzetbe hozni a másikat, nem szabad csak úgy egymásnak esni. Ha egy pasi felizgul, feláll neki, ezt nyilván tudod. Ha egy nő izgul fel, akkor bizsergést érez ott, és be is nedvesedik. Elkezd termelődni egy váladék, ami azt segíti elő, hogy ne fájjon az, ahogy beléd nyomja a micsodáját. Hogy könnyedén csússzon benned ki-be, amikor mozgatja. Ha ez nincs, bizony baromira tud fájni. Van, akinek egészségügyi okokból nem termelődik ez megfelelően, ilyenkor egyszerűen be kell kenni síkosítóval a férfi péniszét, és máris nem kellemetlen.

Csak itta magába a szavaimat, próbáltam neki mindent elmondani, ami csak lehetséges volt, mindent, ami csak eszembe jutott még erről. Hosszasan beszéltem a védekezés fontosságáról is. Sőt még azt is fölajánlottam neki, hogy rendelek egy kisebb méretű, nagyon finom szilikonos borítású vibrátort, amivel felfedezheti a saját testét. Így nem kell majd rettegnie az első együttléttől, mint ahogyan én rettegtem ettől kamaszként, mert olyan dolgokat olvasgattam össze a magazinokban, hogy az első bizony nagyon fáj.

Meg is kapta tőlem ezt a kis ketyerét, zárható lett a szobája, annyit kértem tőle csupán, hogy éjjel aludjon, azt pedig ne használja elemmel. Ő saját magának mozgassa csak, ameddig még nincsen kapcsolata. Elmondtam neki, hogy a vibrátor képes olyan örömöket is okozni rezegve, amit egy igazi pénisz nem, szóval nem akartam, hogy rögtön ilyen élményei és hamis elvárásai legyenek, amikor majd megtörténik az első együttléte valakivel. Ezt el is magyaráztam neki. Legalább kapott valami kapaszkodót arra, hogy igazán fölfedezze saját testének szükségleteit.

Mesi szerint elképesztő, hogy ilyen laza anya vagyok. Azt mondta nekem este az ágyban, mikor erről beszélgettünk, hogy ő még sohasem próbált ilyet, soha nem volt még vibrátorral semmi dolga. Aztán mélyen belementünk a szex témájába, olyan dolgokról is szó esett, amikről korábban soha köztünk. Azt mondta, neki a fia apjával volt az utolsó együttléte, azóta semmi. Néha izgatja magát az ujjaival, és fantáziálgat hozzá, de ennyi. Csak pislogtam. Hihetetlen volt számomra, hogy így le lehet élni egy fél életet. Én pedig elmeséltem neki, hogy Andrissal mekkora szexuális harmóniában voltunk, és azt is, hogy egyszer csak ez nekem mégis kevés lett. Tágra nyílt szemekkel hallgatta, hogy miként szerettem bele Barbiba, és titkos viszonyom volt vele is Andris mellett. Nem ítélkezett, láttam a szemeiben a kíváncsiságot, és azt is, mennyire beleéli magát mindabba, amit megosztok vele a női szeretkezéseimről. Mintha ő maga is megélné és átélné velem azokat az eseményeket. Láttam a vágyódást a szemeiben. Aztán sírt velem, amikor elmeséltem, hogyan ment el Barbi az életemből. Az ágyban feküdtünk pizsamában, betakarózva, egymás felé fordulva. Törölgette az arcomról a könnyet és simogatta a hajam, így vigasztalt és mutatta ki a sajnálatát, együttérzését. Mélyen a hajamba túrt, én pedig valami felsőbb erőtől vezérelve felkönyököltem, fölé hajoltam, és picinyke tétovázás után megpusziltam őt a száján. Aztán újra, és újra, egyre hosszabban, míg csak átment csókba. Mesi nem ellenkezett, de nem is kezdeményezett semmit. Csak hagyta, hogy tegyem, ami jólesik. Csókolni kezdtem a nyakát is, fülét is, homlokát, de vissza-vissza tértem a puha és édes, formás szájára, miközben lassan benyúltam a pizsamaalsójába is. A csiklóját kezdtem gyengéden simogatni – rendkívül érzékeny volt minden mozdulatomra. Nedves volt a puncija és forrónak éreztem, mikor később még a hüvelyébe is benyúltam nagyon gyengéden. Ritmusosan izgattam a kezemmel, míg egyszer csak megmarkolta és nagyon ökölbe szorított kézzel ragadta meg a pizsamám, a fogait is összeszorította, a hangokat visszakényszerítve magába megfeszült. Azt hiszem, el is ment. Nem, nem azt hiszem, hanem tudom bizonyosan: valami megtörtént, ami teljesen máshová röpítette el őt, ahol még sohasem járt. Ezután akkora szenvedéllyel ölelt magához és csókolt szájon, hogy nem volt kétségem, mennyire kívánja még. Felhúztam a pizsamapólóját, csókolni kezdtem a finom, puha testét, megszeretgettem szépséges, telt és egyáltalán nem szétnyúzott cickóit, a pociját. Kívántam a testét őrülten. Annyira gyönyörűnek és kívánatosnak láttam őt. A bőre természetes illata teljesen felizgatott és megrészegített. A feromonjaink totál egymásba láncolódtak. Lehúztam róla a pizsamanadrágot, finoman széttettem puha combjait, meg is cirógattam azokat, és a lehető leggyengédebben elkezdtem őt a nyelvemmel simogatni. Többször összerezzent, kapkodta a levegőt. Olyan mámorban tört ki a végén, hogy öröm volt látni. Hangosan és felszabadultan élvezett el, a szíve csak úgy dübörgött. Csókoltuk egymást ezután még soká, ő pedig a már nagyra nőtt pocakom simogatta, meg-megérintve néha a várandósságtól megduzzadt, kerek melleimet is. Szorosan átöleltem őt, nem beszéltünk semmit, csak elaludtunk egymással megtelve. Reggel korán kipattant az ágyból, nagyon zavarban volt, és sietősen el is ment tőlünk, mondván, sok a dolga. Furán viselkedett, én viszont örömmámorban úsztam, mert azt éreztem, ismét elöntött a szerelem. Azt éreztem, igazán kívánom őt. Mindenhogyan. Testestől-lelkestől. Vágytam rá, hogy ismét összebújhassunk, és még többet adhassak neki magamból. Ő viszont nem jött. Mindig volt valami dolga, szabadkozott mindenfélével. Amikor már egy hete be sem tette a lábát hozzánk, én mentem el hozzá. Idegesen magyarázkodott:

– Nekem ez nem megy. Ne haragudj! Hiba volt. Nagyon kellemetlenül érzem magam amiatt, ami történt.

– Ne csináld már! Én nem bántam meg semmit. Mesike! Nagyon szeretlek! Komolyan! Nagyon fogok rád figyelni, nincs mitől félned! Nem kell sietnünk sehová, és nem is várok el tőled semmi olyat, amit te nem szeretnél.

– Barbi, nem akarom! Ez nekem biztosan nem fog menni. Menj el, kérlek!

– Éreztem, hogy…

– Menj el, légyszi! – vágta rá, mielőtt befejezhettem volna a mondatot.

Teljesen leforrázott ez a szituáció; tényleg nem értettem, miért nem akarja, amikor bizonyosan éreztem, hogy varázslatosan jó volt neki a kis kézijátékom, a puncicunamim, és a csókjainkban is éreztem a kölcsönös vágyódást. Mégis mi a szar ütött belé? Arra gondoltam, hogy Barbi is valami hasonló pofont kaphatott tőlem, amikor elutasítottam őt az első érintkezéseink után. Időt kell adnom neki. Talán csak most ébred rá önmagára? Ezzel vigasztaltam magam és arra gondoltam, valóban ez a megoldás: időt kell, hogy adjak neki. Ha meg tényleg nem akar, el kell fogadnom. Te jó isten! Azt hittem, már sohasem fogok így érezni, és most itt van, mindvégig az orrom előtt volt, de csak most döbbentem rá, ő kell nekem! Őrülten szeretném!

14. RÉSZ

Mesi eltávolodott, egyik pillanatról a másikra szívódott föl az életünkből. Ez a gyerekeknek is fura volt, hiányolták ők is. Én pedig másra sem tudtam gondolni, csakis rá. Teljesen felmorzsolt és szétszaggatott belülről, hogy még csak nem is láthatom. Egyik nap fogadóórát tartott, és én be is mentem hozzá, de nem Lénáról akartam beszélni, csakis őt látni, mert már szinte belebolondultam a hiányába. Láthatóan őrült zavarba jött. Arról kérdezgetett, hogy van a baba, Lilike. Mondtam, hogy minden rendben, de már nagyon a végét járom, érzem. Megsimogattam a kezét, ő pedig elkapta azt. Megmondtam neki, hogy nagyon hiányzik a gyerekeknek és nekem is, aztán eljöttem, mert láthatóan szörnyen kínosan érezte magát a társaságomban, ráadásul bent az iskolában.

Este otthon pakolásztam még a lakást, Liza volt már csak ébren, amikor belém állt a fájdalom. Később újra, majd újra. Mondtam Lizának, hogy szerintem fájásaim vannak, én most akkor betaxizom a kórházba, hívja föl Mesit, hogy beindult a szülés, jöjjön már át hozzánk. Míg öltözködtem és előszedtem az előre bekészített pakkomat, Liza beszélt is Mesivel, aki egyetlen percig sem tétovázott, indult is hozzánk. Én már a taxiban ültem, amikor hívtam Lacit, jöjjön, mert szülünk. A kórházba érve küldtek is föl rögtön a szülészetre, Laci villámgyorsan bejött – igaz, a kórházhoz nagyon közel lakik. Még szerencse. Míg vizsgálgatott, Mesi üzent:

– Itt is vagyok nálatok, vigyázok rájuk, reggel viszem őket, ne aggódj semmiért!

De nem tudtam megnyugodni, főleg, hogy Lacit is láthatóan leverte a víz. Nagyon izgatott lett és kapkodott:

– Gyerünk már, csináljuk! – kiabált bent másokra. Ez cseppet sem nyugtatott meg. Adott vénásan valami gyógyszert, hogy leállítsa a fájásokat, közben készítették is elő a műtőt a császármetszéshez, tették a dolgukat, és már benn is voltam. A sebé-

szetről lehívatta az egyik sebész haverját, szerencsére bent is
volt. Azt mondta neki:

– Ide lehet, hogy kell majd egy sebész, nyugodtabb lennék,
ha azonnal kéznél lennél, ha szükséges.

Ettől persze jól beszartam. Hullottak a könnyeim és éreztem,
ahogy ide-oda taszigálnak, majd egyszer csak kiemelték belő-
lem Lilit. Lilikét, akinek nincsen apja, anyja öreg és özvegy, és
van négy testvére már. Egészséges és gyönyörű vörös hajú kis-
lány. Hatalmas hanggal. Aprócska, mindössze 49 cm és 2,670 kg.
A várandósság alatt nehezen tudtam hozzá kötődni, valahogy
mindig közénk ékelődött a tény, hogy erőszakos úton fogant a
kis élete, de akkor, ahogy megláttam, kinyílt a szívem, könny
töltötte meg a szemeimet és szuszogásának varázsa a mellka-
somon megrészegítette lelkem. Csodaszépnek láttam, és igazán
a magaménak éreztem!

Laci és a sebész nehezen zártak össze, káromkodások köze-
pette varrta a méhemet, nehezen tudtak összerakni, de sikerült
végül nekik. Megmondta, ha újra teherbe esnék, az már életve-
szélyes. Így tervezzem a további életemet. Laci VIP-szobát szer-
zett nekünk a folyosó legvégében, és ráparancsolt az épp bent
lévő nővérekre, hogy figyeljenek oda rám. Ez végtelenül jólesett.
Olyan sokat tett már értünk, mióta Andris nincsen velünk, so-
sem fogom tudni ezt a rengeteg jóságot meghálálni neki! Meg-
volt a mi kis külön kastélyunk, amiben a királylányka óvva volt
a csúnya sárkányoktól. Nem kellett senkihez sem alkalmazkod-
nunk, magunk lehettünk, és bejöhettek a szobába a látogató-
ink is. A délutáni látogatási időben kopogás az ajtón, Liza nyit
be, utána belép Huba is, Léna is és Hugó, majd picikét lemarad-
va Mesi is. Szeretettel csodálgatták meg a kis jövevényt. Hugó
morcosan jegyezte meg:

– Miért ilyen színű a haja?

Emesének csak annyit tátogtam oda, mikor végre rám is rám
mert nézni, hogy KÖSZÖNÖM.

15. RÉSZ

Eljött anyukám, átvette a frontot a gyerekek terén Emesétől. Rendben teltek a dolgok otthon, mi erősödtünk a kórházban, egy hét után haza is adtak bennünket a babával, mert szépen elindult Lilike súlygyarapodása. A második éjszakára jött csak meg a tejcsim, de rengeteg lett, nem győztem lefejni, a kis drágám pedig ügyesen ráérzett a cicizés technikájára. Otthon kitöltötte a kicsi minden időmet, hiszen picit ki is jöttem már a babázás gyakorlatából, de mikor mégis maradt valami időm és lehetőségem ábrándozni, őrá gondoltam. Az én szerelemhajtásomra. Annyira hiányzott a jelenléte! Úgy éreztem, beszélnem kell vele erről; megkértem, hogy jöjjön el, amikor meg tudna lépni lyukasórában, mert fontos volna. Félve ugyan, de eljött rögtön.

– Itt vagyok, de ha úgy érzem, közeledni próbálsz megint hozzám, azonnal elmegyek, és többé nem jövök.

Mintha csak saját magamat hallottam volna egykor. Eszembe is jutott Barbi végtelen türelme.

– Csak bocsánatot szeretnék kérni tőled. Elragadott magával valami hév, amikor Barbimra emlékeztem, és hát ez lett a vége. Ne haragudj, ne gyűlölj meg ezért, megértem, ha nem akarod. Biztosan félreértettem ezt az egészet, amikor kölcsönösnek éreztem ezt, de ne tűnj el az életünkből! Szükségünk van rád, mindnyájunknak! Egy ujjal sem fogok hozzád érni!

– Add már ide, hadd vegyem ölbe! Ó, de édes Istenem, és milyen gyönyörű! – mondta, és mint aki az előző mondataimból semmit sem hallott, csak szeretgette és babusgatta Lilikét. Vissza kellett mennie az iskolába, de munka után ismét eljött, megkérdezte, mit szeretnék enni vacsorára, aztán elszaladt a közeli boltba, ahol Barbi dolgozott rég, és hozott vacsorának valót. Pont úgy mozgott nálunk, mint azelőtt, hogy megízleltük volna egymást. Anyának már haza kellett mennie, mert akkoriban apa sokat betegeskedett. Mesi megfőzte a gyerekeknek a vacsit, és velünk maradt az esti fürdetésre is. Úgy segédkezett mellettem, mint egy nagyi. Aztán hazament, és azt írta egy üzenetben:

– Mindig számíthatsz rám.

Én pedig nem írtam semmit vissza, csak örömmel a lelkemben aludtam el. Minden este felugrott, kell-e valami. Pont így történt akkor is, amikor Huba egyik este hányt, jó sokat, épp akkor, amikor Mesi betoppant munka után. Segített is rendezni a babát, amíg Huba után takarítottam föl és elláttam szegény kis párát. Jó soká elhúzódott az idő és Emese is nagyon el volt már fáradva, mégis fölajánlotta magát.

– Maradjak éjszakára is?

Én pedig bólogattam hálával az arcomon.

– Teszek ki neked tiszta törölközőt és pizsamát a fürdőben.

A nappaliban a sarokülőre feküdt. Mondtam neki, hogy ez így nagyon kényelmetlen lesz, inkább kihúzom rendesen neki, úgy aludjon rajta. Így is történt, megágyaztam gyorsan, ő pedig lefeküdt. Én is bementem aludni a hálóba Lilikéhez, akinek a kiságyát az én ágyam mellé tettük. Úgy tűnt, Huba jó mélyen elaludt, és nem jött már több hányás sem. Nem bírtam elaludni, annyi gondolat futkosott a fejemben. Boldog voltam, amiért az életünkben, a családunkban, az otthonunkban van ez a csodálatos kincs, akiért oly hevesen kalapál már hosszú hetek óta a szívem, még ha nem is hajlandó többé mellém feküdni. Később kimentem ismét ránézni a hányós betegemre, hogyan alszik, de visszafelé menet a hálószobámba Mesi elém toppant a folyosón.

– Még nem alszol? – kérdezte.

– Csak Hubát szerettem volna megnézni, hogy hogyan van. Nem bírtam még elaludni. És te?

– Én sem bírtam.

– Aggaszt valami? Akarsz beszélgetni?

Ekkor hirtelen nekem ugrott, a nyakam köré fonva karjait megcsókolt. Lefagytam teljesen a döbbenettől, a gyomromba görcs állt, gondolataim ezerfelé cikáztak. Hát mégis akar engem? A félelem nem engedte felülkerekedni pillanatnyi örömöm. Néztem rá a sötétben, halovány tv-fény szűrődött csak ki, alig láttam szemeiből valamit, de szinte hallottam, ahogy

majd' kiugrik a szíve a helyéről, akárcsak az enyém. Zavarban volt és idegesen várta, szinte követelte, hogy tegyek már végre valamit, de én csak néztem őt tovább némán, aztán bal tenyerembe helyezve arcának jobb felét, a másik fülébe suttogtam:
– Biztosan ezt akarod?
Ő pedig bólogatott...

KÖSZÖNETNYILVÁNÍTÁS

Hálás szívvel szeretném megköszönni Vikinek, aki mindvégig támogatott ezen az úton.

A szerző

Barbara Bee Magyarországon született az 1980-as évek elején. Egyetemet végzett, mérnöki, majd közgazdaságtani képesítést szerzett, szakmájában projekt menedzserként dolgozik és jelenleg is tanul. Házas, négy gyermeke van. Kedvenc időtöltése a kirándulás, biciklizés, futás, írás. Magát racionális embernek tartja, aki szárnyaló fantáziával bír, legfontosabb szerepe az anyaság. Azért ír, mert megnyugtatja. A sporton kívül az egyetlen jól működő terápiája az írás. Ez a válasza az élete megélt vagy vágyott dolgaira, remélve azt, hogy mindez nem pusztán a saját lelkének simogatása, hanem izgalmas szórakozás és élmény lesz az olvasóknak is.